KB061347

호모
미련없으니
──── 쿠스

호모
미련없으니
——— 쿠스

세상의
잡소리에서
벗어나는
법

글
고작가 · 김피디

위즈덤하우스

너무 진하지도
흐리지도 않은…

양쪽 끝에 서 있는 사람들은 닮았다.
양극단에 서서 편을 나누고
내 편만 옳다고 목청을 높인다.

편 가르는 사회가 싫다.
나는 누구의 편도 아니다.
기껏 편 먹고 싸움질하느라 인생을 낭비하고 싶지 않다.

이 세상에는 '옳은 일'과 '틀린 일'만 존재하는 것이 아니다.
모든 일을 '맞다' 아니면 '틀리다'로 접근하는

가치판단의 강박에서 벗어나면
다양한 생각이 공존하는 제대로 된 세상이 보인다.

마음을 열고 가치판단을 내려놓고
나와 다른 너를 있는 그대로 바라본다.
누구의 편도 아닌 눈으로 극단의 사이 그 어딘가,
섬세한 순간을 본다.

집착하지 않는 나는 미련 없이 떠날 줄 안다.
나는 점점,
너무 진하지도, 흐리지도 않은 회색이 좋아진다.

| Contents |

1

세상 끝까지 가는 남자

집에만 있는 여자

2

두 번째

결혼

3

사막을

건너는 법

4

한 발자국

밖에서 본 세상

5

상처 없는

사람 사이

6

삶은 …

자신을 향한 긴 여행

세상 끝까지
가는 남자

집에만
있는 여자

1

김피디 왈

:

김피디 왈, "오해 금지"

사람들은 내게 오지를 누비며 검게 그은 피부가 멋있다고 하지만
완전 오해다.
나는 피부가 원래 까맣다.
보통 신생아들은 분홍빛으로 태어나는데
나는 보라색이었다고 한다.
알고 보면 뼛속부터 도시 남자인 나는
오지에 갈 때마다 늘 결심한다.
'다시는 오지에 오지를 말아야지!'
하지만 어느새 캄차카 깊은 계곡의 4백 킬로그램 불곰 옆에서
부들부들 떨고 있는 나를 발견한다.
그리고 또 부질없는 결심을…
진짜 다시는 오지에 오지를 말아야지.

고작가 왈

:

고작가 왈, "사랑의 거리"

시베리아 촬영에서 돌아오는 날에
인천공항으로 데리러 오겠냐는 김피디의 제안을 거절했다.
방송국까지는 촬영팀과 같이 오라고,
상암 MBC까지 가겠노라고.
사랑하지만, 너무나 사랑하지만,
인천공항까지 갈 정도는 아니라고…
그리고
방송국 앞에서 검게 탄 얼굴로 환하게 웃는 김피디를 보자,
잠시 출장 보냈던 사랑이 샘솟았다.

호모
미련없으니쿠스

김피디는 몸이 가볍다.

덩치야 182센티미터에 ○○킬로그램이 넘는 거구지만 (은 근 부끄러움이 많은 김피디와의 협상 결렬로 ○○처리함) 빠르게 결정 하고 빠르게 움직인다. 김피디와 처음으로 일하게 된 건 MBC〈우리시대〉라는 다큐 프로그램. 나는 메인 작가였고 김피디는 당시 서브 피디였다. 조연출을 하다가 갓 입봉한 피디와 일하는 것은 로또를 긁는 것과 같다. 잘하는 놈은 처 음부터 잘하고 못하는 놈은 긁자마자 꽝이기 때문이다. 어 느 쪽에 걸리느냐가 그 시즌 동안의 작가 운명을 결정한다.

두둥~ 당첨이냐 꽝이냐!

김피디는 함께 일하기 '편한' 피디였다. 〈우리시대〉에는 사건을 재연(드라마타이즈)하는 부분이 있다. 하지만 예산이 적은 교양 프로그램은 비싼 배우나 제작비를 쓸 수가 없기 때문에 가성비를 높이는 게 관건이다. 추락한 헬기에서의 극적인 탈출기, 물에 빠진 돼지 떼의 구사일생…. 세상에는 별의별 사건이 많지만 아이템이 아무리 재미있어도 재연이 불가능하면 포기. 하지만 아이템 결정에 우유부단하면 끝이 없다. 최종 책임자가 피디인데 아이템부터 섭외, 촬영… 매 순간을 오락가락하면 스태프들이 미쳐버린다. 김피디는 결정이 빨랐다. 안 된다 싶은 건 바로 포기하고, 결정하면 남 탓하지 않고 본인이 바로 움직였다.(잘되면 모두 자기 덕이고 안 되면 작가 탓, 카메라 탓… 끝없는 '탓'을 하는 피디가 생각보다 많음.)

한국 다큐멘터리 사상 최고의 시청률과 화제로 기억되는 〈아마존의 눈물〉은 원래 김피디의 것이 아닐 수도 있었다.

당시 다큐멘터리 팀장이 아마존 다큐를 만들고 싶어 했지만 아무도 엄두를 내지 못했다. 그때까지만 해도 MBC 다큐팀은 대작보다 휴먼이나 시사 다큐멘터리 위주로 제작을 해와서 노하우랄 것이 별로 없었다. 더구나 아마존에 가서 개고생을 할 것이 불을 보듯 뻔한데 섣불리 나설 이유가 없다. 그때 별 고민 없이 "해보죠"라고 했던 피디, 선배들이 모두 "노(no)"라고 할 때 "예스(yes)"라고 했던 겁 없는 인간이 바로 다큐 신참, 김진만 피디였다. 팀장은 "심봤다" 했을 것 같지만 아니었다. 당시엔 다큐 초짜였던 김피디가 너무 쉽게 생각하는 거 같다며 이미 거절한 다른 선배 피디에게로 유턴해서 설득을 하고 김피디를 깠다. 하지만 그 선배가 기획안을 조몰락거리다가 누더기가 될 무렵에 또다시 못하겠다고 하는 사태가 발생했다. 막판에 몰린 팀장은 미안한 기색도 없이 다시 김피디에게 하라고. 방송 시기가 임박해서 어려운 상황이었지만 김피디는 미련 없이 아마존으로 떠났다. 그 뒷모습을 보며 갸우뚱하던 그 누구도 그것이 대박의 시작일 줄 몰랐다. 이후에도 쭉…. 그러니까 1년간 얼음 대륙에 갇혀 있어야 했던 남극, 배고픈 야생 곰들이 거침없이 입을 쩍 벌리고 포효하는 캄차카… 지구상의 오지란 오지로 김피디는 별 주저 없이 떠났다.

김피디는 여행도 가볍게 간다. 마음먹으면 떠난다. 어찌 보면 허술한 듯 득과 실 그런 거 안 따진다. 맛집을 갔다가도 줄이 길면 바로 다른 데 간다. 다른 집이 더럽게 맛이 없어도 이럴 줄 알았다고 웃어버린다. 미련이나 집착이나 오기라곤 없는 인간. 김피디는 남을 미워하거나, 이기고 지고 경쟁하는 데 힘을 소모하지 않는다. 앉아서 미적미적 뭉개는 대신에 본인이 쓱 움직여서 어느새 싹 해버린다.

김피디와의 삶도 방송만큼이나 편하다.

호모
슬로스

김피디

．
．
．

신비와 두려움이 공존하는 세계, 아마존의 깊은 밀림으로
들어갔다. 지구상에 사는 생물 3분의 1이 산다는 생태계의
보물 창고. 아직 인간에게 알려지지 않은 동식물이 가득한
그곳에서는 신비한 분홍돌고래 보뚜, 화석어 피라루쿠, 거
대한 아나콘다 그리고 무시무시한 재규어 같은 동물들이
살아간다.

그중에서도 자꾸 나의 눈길을 잡아끌었던 것은 '슬로스'라
는 녀석. 우리말로 '나무늘보'인 슬로스는 하루 24시간 중
에 거의 20시간 이상을 가만히 나무에 매달려 있다. 최대

시속이 무려 0.9킬로미터로 이 나무에서 저 나무로 이동하려면 꼬박 만 하루 정도 걸리는 무서운 놈이다. 슬로스를 보는 순간 낯이 익었다. 전생의 인연인가, 어디서 많이 본 듯한 친근함. 아마존 한복판에서 이 기시감은 뭐지?

아… 내 주변에도 한 마리 살고 있다. 바로 고작가다.

고작가는 극도로 움직이지 않는다. 항상 집에 있다. 웬만해선 먼저 전화하는 법도 없다. 어쩌다 한번 외출할 때면 밖에서 봐야 할 일을 한꺼번에 다 끌어모아서 해결하고 들어온다.

"오늘 뭐 했어?"
"바빴어. 곰탱이 데리고 망원시장까지 걸어가서 딸기랑 사과랑 상추, 호박도 사고 곰탱이 간식 가게 갔다가…."
"곰탱이랑 잠깐 시장 다녀왔네."
"그렇게 단순하지 않아. 곰탱이 산책도 하고, 장도 봤지. 걸어오는 길에 또…."

"근데 걸어간 것과 온 것은 왜 따로 분리하는 거야. 과일이랑 채소는 같은 집에서 샀으면서 왜 분리하고…?"

"내가 집 밖에 나가서 수행한 엄청난 양의 일을 디테일하게 설명하는 거지. 그뿐인 줄 알아? 걸어오다가 약국도 들렀다고."

"와… 우리 여보. 지난주부터 간다는 약국에 드디어 갔네. 곰탱이랑 엄청난 모험을 떠났었구나."

어처구니가 없어 웃음이 나온다. 항상 그렇다. 주 활동 무대는 집 안이고 본인의 일 이외에는 별 관심이 없다. 오지랖도 없다. 누굴 만나도 집에 들어오면 끝이다. 오늘 만난 사람과 뭐 재미있는 이야기 없냐고 물으면 방금 듣고 온 이야기도 잘 기억하지 못한다. 그래서일까, 본인의 일은 기막히게 기억을 잘한다. 곰 다큐멘터리 촬영 분량이 1천 시간이 넘는데도 커트를 다 기억하고 편집에서 빼먹은 걸 귀신 같이 알아내 원본을 찾아 내놓으라고 피디를 닦달한다.

고작가를 알면서 새로운 인간형을 알게 됐다. 얼핏 보면 꽤나 사교적인 것처럼 보인다. 늘 신경 쓴 듯 차리고 다녀서 눈에 띄고, 일할 때면 자신의 의견이 분명하면서도 농담도 잘하고 분위기를 잘 맞춘다. 하지만 그걸로 끝. 본인의 일이 끝나면 쌩하니 집으로 간다. 술, 담배는커녕 커피도 마시지 않는다. 회식은 물론 삼삼오오 모이는 술자리 어디에서도 좀처럼 얼굴을 보기 어렵다.

고작가에 대한 피디들의 호불호도 상당히 갈렸다. 만드는 프로그램들의 결과가 좋으니까 함께 일하고 싶어 하는 피디들이 끊이지 않는 반면에, 내가 결혼한다고 했을 때 저렇게 싸가지 없는 작가와 정말 결혼할 거냐고 묻던 선배도 있었다. 신기한 것은 고작가는 그렇게 자신을 씹는 피디나 작가들에 대해서도 신경을 안 쓴다. "팩트인데, 뭐" 하고 웃거나 "나도 걔 싫어"라며 홀가분해하거나 "나랑 일을 안 하니까 걔네가 방송을 그 모양으로 만드는 거야"라는 정신승리를 보여준다. 아무튼 사회생활이라는 것이 대충 떼거리로 몰려다니며 그 속에서 자신의 존재감이나 정체성을 찾는 것이 보통인 인간계 상식에서 그녀의 정신세계는 이해하기 쉽지 않다.

고작가와의 삶은 복잡하지 않다. 누구 눈치 보거나 괜한 허세나 액션이 필요 없다. 할 일만 하면 되고 내 일만 잘하면 된다. 다른 사람들의 애정을 갈구하거나 그 속에서 한자리 잡으려는 미련이 없다. 본인 일이라고 생각하면 집중하고 욕심도 부리지만 본인 것이 아니라고 생각하면 쳐다보지도 않는다. 대세에 지장이 없다 싶으면 그냥 오케이, 쓸데없는 고집도 없다. 여행을 가도 내가 짠 코스에 토를 달지 않는다. 싸우고 기분 나쁘면 여행 망치고 본인만 손해라며 해맑게 따라다닌다. 어차피 다 낯선 곳인데 어딘 되고 어딘 안 될 이유가 있느냐며.

고작가는 자신의 속도대로 산다. 세상의 잡소리에서 떠나 미련 없이 자기 할 일만 한다. 고작가와의 삶은 그래서 평화롭다. 마치 아마존 밀림 속 슬로스의 삶처럼.

무소식이
희소식

고작가

.
.
.

김피디는 출장이 잦다. 그것도 여느 출장과는 다르다. 적도의 아마존, 야생의 캄차카, 혹한의 남극과 북극… 지구상의 오지란 오지는 다 찾아다니며 연락 두절일 때가 많다. 인터넷은커녕 전화도 안 될 때가 부지기수. 원주민들이나 곰만 사는 땅으로 들어가기 직전에 그야말로 '마지막' 통화나 문자를 한다.

"한 달 후에 보자고. 보고 싶어도 참아."
"못 참아. 힝…"
"힝… 전화 곧 끊길 거야."

"어? 아직 되는데?"

"…."

"안 되는 거야? 진짜 끊어진 거야? 여보세요, 여보세요."

조용… 혹은 답 없이 멈춰버린 카톡… 그 묘한 느낌… 혼자 지내는 시간이 시작된다. 어딘가 텅 빈 듯, 동시에 하루가 온전히 내 것이 된 듯 시곗바늘 하나가 느슨해진다. 시간과 공간이 천천히 흐른다. 부재는 그 사람에 대한 필요를 확인해주는 소중한 시간이기도 하다. 게다가 오지로부터 오는 갑작스러운 연락은 사고를 의미하기 때문에 더 이상 답이 없는 대화창을 보며 남편의 안위를 확인한다. 무소식이 희소식이려니…. 전기도 수도도 없는 곳에서 발전기를 돌려서 전기를 얻고 강에서 물을 퍼서 몸을 씻고 있겠지…. 곰은 만났을까? 설마 잡아먹히진 않았겠지.

떠날 때는
가볍게

김피디
:

"여보세요? 여보? 안 들려?"

"…."

30년이 훌쩍 넘은 러시아제 낡은 헬기 안에서의 마지막 통화는 1~2분 만에 끝이 났다. 이번 촬영 장소는 러시아 동부, 캄차카의 가이저 밸리였다.

"하나도 안 춥대요. 영상 5도가 넘고요. 촬영할 때 이동은 사륜 SUV로 하시면 될 겁니다."

섭외를 담당하는 조연출이 자신 있게 말했다. 인간은 살지 못하는 불곰의 천국에서, 동면이 끝나고 깨어나는 곰들을 촬영하려고 준비할 때였다. 아무리 3월이지만 우리나라보다 위도가 훨씬 높은 캄차카가 그렇게 따뜻하다니 의외였다. 가지고 갈 촬영 장비가 많아서 옷이 두꺼우면 짐을 꾸리기가 어렵고 비행기 오버차지(추가요금)가 많이 나온다. 사람은 듣기 좋은 말만 듣는 경향이 있다. 다행이라 생각하고 봄 촬영 콘셉트로 옷을 얇게 꾸렸다.

그런데… 헬기에서 내리니 온통 눈밭이었다. 레인저들의 숙소에는 두꺼운 고드름이 주렁주렁 매달려 있다. 추위가 곰보다 무섭게 달려들었다. 헬기를 같이 타고 온 러시아 스태프들은 주섬주섬 두꺼운 패딩 점퍼를 꺼냈다. 우린… 꺼낼 게 없다. 입고 온 화사한 봄옷이 전부였다. '개새…' 그 섭외·행정 담당 조연출은 정작 촬영에는 따라오지 않았다.

SUV도 당연히 없었다. 길과 문명이라는 게 존재하지 않는 캄차카 산악지대에 SUV가 있다는 말을 믿은 내가 바보였다. 휴대폰도 터지지 않는 이곳에⋯. 이동 방법은 오직 두 다리로 걷는 것뿐. 게다가 본체에 망원 카메라까지 달면 기본 장비만 해도 30킬로그램이 훌쩍 넘는다. 트라이포드(삼각대) 등 각종 추가 장비까지 합치면 무게가 어마어마하다. 그렇게 온몸을 짓누르는 장비를 이고 지고 추위에 벌벌 떨며 원 없이 산악 행군을 했다.

"알래스카는 지금 한여름이라 반팔 입고 다닌대요."
"북극이 그럴 리가⋯?"
"그러니까 온난화가 무서운 겁니다."

8월에 북극곰을 촬영하러 알래스카의 최북단 마을 칵토빅에 갈 준비를 할 때였다. 새로운 조연출(역시나 섭외·행정 담당)이 자신 있게 얘기했다.

"두꺼운 패딩도 가져가. 캄차카 갈 때도 이상하다 했지. 이번이 더 이상해. 그래도 북극인데⋯."

출장 전날 가벼운 옷만 챙기는 나를 졸졸 따라다니며 고작가가 계속 이야기했다.

"아냐. 몇 번 확인해봤는데 상당히 덥대. 아무리 북극이라도 지금은 8월이니까. 옷이 두꺼우면 움직이기 힘들고 짐만 많아져"라며 끝까지 듣지 않았는데….

알래스카에 도착하자마자 또다시 놀라운 풍경이 펼쳐졌다. 이번엔 희뿌연 눈보라가 시야를 덮친다. 아… 개새들… 아무리 온난화가 진행돼도 그렇지, 북극은 북극이었다. 출장 기간 내내 북극 한복판에서 얇은 옷을 입고 벌벌 떨어야 했다. 아, 조연출들이 일부러 그러는 건가… 내가 뭘 잘못한 건가….

고독은
존재의 감미로운 부재

고작가
:
:

김피디의 부재는 불편하다. 그는 집사형 남편이니까. 김
피디는 가만히 못 있는 성격이라 집에 있을 때도 바지런
히 청소, 분리수거 등을 해버린다. 아침에 일찍 일어난 날
이면 집안일을 싹 해놓고 출근해서 '우렁 남편'이라고 부
르기도 한다. 게다가 맥가이버형의 인간이라 집 안에 뭔가
고장이 나면 할 일이 생겼다고 좋아한다. 타일이 깨져도,
샤워실 문짝이 떨어져도 감쪽같이 고쳐놓고 나에게 무슨
복으로 이렇게 훌륭한 남편을 만났냐며 신나게 유세를 부
린다. 나는 적당히 장단이나 맞추며 너무 훌륭하다고 해주
기만 하면 된다.

그럼에도 불구하고, 김피디의 부재가 주는 여백이 나쁘지만은 않다. 보고 싶다고 힝힝거리며 접대 멘트를 날렸지만 그래도 가끔은 혼자가 좋다.

외로움이 무엇인지 한참을 고민했다. 인간의 많은 문제는 외로움에서 시작된다. 다른 이에게 사랑받고 싶고, 확인받고 싶고, 인정받고 싶어 한다. 집단에 속해 있어도 외로움이 가시지 않는다. 부모도, 친구도, 이성도 완벽한 답은 아니었다. 늘 뭔가 부족한 것 같은 갈증에 답을 준 것이 가브리엘 가르시아 마르케스의 《백 년 동안의 고독》이었다. 한 페이지 한 페이지, 남은 페이지가 줄어가는 걸 아까워하며 읽었던 그 책에서 얻은 결론은,

'인간은 인간이기 때문에 외로울 수밖에 없다.'

책장을 덮으며 뭐랄까… 맥이 탁 풀리며 나를 둘러싼 세상이 무너지는 듯했다. 돌아올 수 없는 세계 앞에 서서 지금부터는 혼자 걸어가야겠구나 하는 생각…. 하지만 그 순간

이 의외로 상쾌했다.

'그러니까 받아들여.'

외로움은 어차피 살아 있는 한 함께 가는 것. 사람은 죽을 때까지 외로운 것. 벗어날 수 없다면 그러려니…. 다른 인간을 통해 해결하려고 하지 말자. 외로운 게 인생이고 인간이다. 그리고 밀란 쿤데라의 《불멸》에 나오는 '고독은 시선의 감미로운 부재'라는 말에 반했다.

외로움에 연연하지 않는 것은 꽤나 강력한 무기다. 외로움에서 벗어나려고 다른 이들에게 매이지 않아도 되니 아쉬울 게 없다. 그냥 혼자 있으면 되니까. 일에 더 집중할 수 있고 사랑이나 우정 따위에 덜 아파해도 된다. 상대가 기대에 어긋나거나 변심을 해도 덜 섭섭하고 덜 실망스럽다. 그냥 혼자 있으면 되니까. 외로움을 받아들이는 순간, 인간사 수많은 일이 꽤 깔끔하게 정리된다.

외롭다 생각하니 외로운 거다.

외로운 거,

그러려니… 하면 별거 아니다.

남극에서의
자가 격리

김피디

⋮

수많은 오지에 촬영을 다니며 꽤나 고생했다. 지금 돌이켜 보면 재미있는 추억이지만 그 당시에는 뭐든 처음 하는 경험이라 미래를 예측하기 어려웠고 목숨과도 직결된 위험한 상황에 노출되는 일도 잦았다. 그런데 가장 힘든 경험은 아마존에서 온몸을 독충에 물렸던 때도 아니고 북극에서 곰에게 쫓길 때도 아니었다. 그건 바로 남극대륙 기지의 어둠 속에 갇혀 보냈던 시간이다.

황제펭귄 생태를 촬영하기 위해 꼬박 1년간 남극대륙에 체류했다. 엄청난 열정과 패기로 일부러 장기 출장을 고집

한 것은 아니다. 중간에 돌아오는 비행기가 없어서 어쩔 수 없었다. 남극대륙은 여름철에만 출입이 가능하다. 짧은 여름이 지나면 바로 겨울이 오고, 겨울에는 해빙이 두껍고 블리자드(눈 폭풍)가 자주 불어서 쇄빙선이나 비행기가 접근하기 어렵다. 특히 황제펭귄이 주로 서식하는 남극대륙의 동쪽 지역은 지구상에서 가장 추운 곳이기 때문에 인간들이 감히 제 맘대로 오갈 수 있는 곳이 아니다.

1년간 황제펭귄과 함께한다는 건 가슴 벅찬 일이었다. 하지만 촬영은 늘 기다림의 연속이었다. 시도 때도 없이 불어대는 블리자드 탓에 1년 중 절반 이상을 호주 기지나 서식지 인근의 대피소에 갇혀 대기해야 했다. 그중 압권은 극야 기간이다. 남극의 한겨울이 시작되는 6월 말에 이르면 해가 뜨지 않고 밤이 계속되는 극야가 시작된다. 블리자드는 나날이 심해지고 기지 밖으로 한 발짝도 나갈 수 없다. 창밖은 어둠 속에 희뿌연 도화지를 가려놓은 듯 눈보라가 몰아쳐서 아무것도 보이지 않는다. 게다가 시속 3백 킬로미터에 달하는 블리자드의 소음이 쉼 없이 괴롭힌다. 심지어

조난당한 사람이 밖에서 문을 두드려도 전혀 들리지 않기 때문에 남극 기지들은 문을 잠그지 않는 것이 불문율이다.

그렇게 꼼짝없이 기지에 갇혀 있는 동안 사건, 사고도 많이 일어난다. 아르헨티나 기지에서는 대장이 극야를 견디지 못하고 정신에 문제가 생겨 기지를 불태우기도 했다. 남극에서 벗어나고 싶어 저지른 행동이었다. 갇혀서 고립된 인간들은 예민해진다. 대원들끼리 말다툼이나 주먹다짐을 하는 일도 심심찮게 발생한다. 호주기지 대원들의 말수도, 웃음도 급격히 줄어갔다. 태양을 보지 못하는 게 이렇게 괴로운 건지 몰랐다. 밤의 날들이 길어지면서 서로 어두운 얼굴을 대하기도 피로해졌다. 점점 자기 방에 칩거하기 시작했다. 나도 가져온 책을 보고 음악을 듣고 황제펭귄 촬영 영상도 보면서 지냈지만 불과 일주일 정도 지나자 할 일이 없어졌다. 인터넷도 너무 느려서 바깥세상 소식에 접근하기 어려웠다. 인식하지 않으려 해도 답답함이 가슴을 누르기 시작했다. 낮과 밤의 경계도 모호해져서 불면의 밤이 계속되었다.

자꾸 가라앉는 몸과 마음을 다잡으려고 이왕 닥친 이 시간을 의미 있게 보내자고 결심했다. 나의 지난 삶을 반추해보며 미래의 계획을 짜보리라. 30대의 마지막 순간을 남극대륙에서 보내고 있으니까. 그런데… 지난 삶을 돌아보는 데 30분, 계획을 짜는 데 5분 걸렸다. 다 지겹고 할 게 없다는 생각만 계속 맴돈다. 미래고 뭐고 답답하고 심심해서 한숨만 푹푹 나온다.

끝나지 않을 것 같던 시간이 한 달쯤 지났을까… 문득 얇은 햇살이 창을 통해 들어왔다. 극야가 지나가며 하루에 한 시간 정도 태양이 모습을 드러내기 시작한 것이다. 블리자드의 매서운 기세도 한풀 꺾였다. 겨우 한 시간이지만 기지에는 활력이 돌았다. 그 소중한 순간을 놓칠세라 사람들이 문밖에 나가 기지개를 켰다. 얼굴에도 비로소 웃음이 돌았다. 태양이 비치는 시간이 조금씩 길어지며 촬영팀은 다시 황제펭귄을 만나러 갔다. 그새 혹한과 어둠을 뚫고 황제펭귄 새끼들이 알에서 부화하기 시작했다. 아빠 발등 위에서 아장아장 걷는 새끼들은 세상 어떤 생명체보다 아름다웠다.

집순이의
하루

고작가
⋮

집에 있는 것이 좋다. 일주일쯤 집밖에 나가지 않는 일은
흔하다. 방송을 할 때는 힘들고 바쁘니까 다른 데 쓰는 에
너지를 최소화하기 위해 적게 먹고, 적게 자고, 적게 움직
이며 일한다. 반대로 일이 없을 때는 쉬어야 하니까 집에
있다. 그러니까 결국… 일할 때나 쉴 때나 나는 거의 집에
있다.

집에서 지내는 방법도 나날이 진화한다. 온 집 안을 나름
대로 알차게 활용하며 지낸다. 야행성이라 느지막이 일어
나서 꿀물이나 차를 한잔 마신다. 불규칙한 작가 일을 하며

오랫동안 속이 좋지 않았는데 아침에 따뜻한 물을 마시면서 거짓말처럼 편해졌다. 방송으로 바쁠 땐 그대로 책상 앞으로 직행해서 일을 시작한다. 촬영해 온 그림을 보고, 자료를 읽기도 하고. 구성안이나 원고를 쓴다. 책상이 지겨울 때는 식탁이나 거실의 탁자로 옮겨 다니며 일을 한다. 정시 출퇴근을 하지 않는 프리랜서라는 것이 말만 멋있지, 결국은 알아서 통제하며 시도 때도 없이 일을 해야 한다는 뜻이다. 집에 있으면 드러눕거나 딴짓하고 싶기 마련인 게 인간인지라 일정하게 일하는 패턴을 만들어놓지 않으면 일도 엉망이 될뿐더러 결국 내 몸이 고생한다.

여유가 있을 땐 간단히 집 안을 정리하고 로봇 청소기를 돌려놓은 뒤 책상 앞으로 간다. 하루를 보내야 하는 집 안이 이왕이면 깔끔한 게 좋다. 내 친구 로봇 청소기랑 물걸레 청소기와는 대화도 하는 사이다.

"청소 잘 했니?", "너무 기특하네", "왜 뺀질거리니?"

해가 질 무렵이면 김피디가 퇴근을 한다. 저녁 준비를 해서 밥을 먹고, 우리 집 개, '곰탱이'를 산책시키다 보면 어느새 하루가 끝나간다. 하지만 김피디가 출장을 가거나 방송국에서 편집을 해야 할 때면 하루 대부분을 곰탱이와 둘이 있게 된다. 곰탱이는 하루에 한 번 이상은 꼭 산책을 해드려야 하는 견님이시다. 그래야 응가를 하기 때문이다. 그 덕에 나도 좀 움직인다. 아파트 앞으로 내려가자마자 응가를 쑥 뽑아내는 곰탱이를 보며 열 살이 넘도록 쌩쌩한 노견의 건강 상태를 확인한다. 시간 여유가 있으면 항상 더 놀고 싶어 하는 곰탱이에게 이끌려 동네를 한 바퀴 돌기도 한다.

일이 바쁠 땐 다시 새벽까지 책상 앞에 앉아 있다.

일이 없을 때도 시간이 금세 간다. 본격적으로 소파에 드러누워서 인터넷을 보거나 책이나 TV, 영화를 본다. 집에서 쉴 때면 나는 직립 보행 인간이 아니다(느슨한 옷에 머리를 대충 묶고 종일 뒹굴뒹굴하느라 총체적으로 인간의 형상이 아니긴 하다).

신작 영화 중에 볼 게 없으면 IPTV 무료 영화나 넷플릭스를 구석구석 뒤진다. 명작이나 흥행작에는 이유가 있다. 취향이 비슷한 평론가의 추천작들, 죽기 전에 꼭 봐야 할 영화 시리즈, BBC 선정 20세기 걸작 같은 걸 보면 실패 확률이 적다. 책도 마땅한 게 없으면 민음사 〈세계문학전집〉 같은 고전을 뒤진다. '덕질'을 하거나, 한 번 본 영화나 책을 다시 보는 편은 아니다. 하지만 온종일 쉬는 날이면 그렇게 뒹굴뒹굴 영화 서너 편은 거뜬히 본다. 그러다 뭔가에 꽂히면 그와 관련된 정보나 콘텐츠를 꼬리에 꼬리를 물고 찾아보는 것도 좋아한다. 솔직히 보고 바로 잊어버리기 일쑤지만 모르던 걸 알게 되고 궁금증을 해결하는 동안에 시간이 쏠쏠하니 잘 간다.

어느새 훌쩍 새벽이다. 집에만 있어도 왜 이렇게 하루가 금방 가는 거야. 딸내미 일이나 가족 대소사가 있거나, 마트 혹은 은행에 볼일이 있거나, 집 안 잡일이라도 해야 하는 날이면 그야말로 숨 가쁘다. 도무지 심심할 새가 없다.

턱에 뽀뚜루를 낀 조에족의
미니멀 라이프

김피디
:
:

여기가 지구가 맞나….

실오라기 하나 걸치지 않은 나체의 인간들이 우리를 맞았다. 미접촉 부족, 즉 원시 부족인 '조에'였다. 이들은 얼굴에 15센티미터쯤 되는 두꺼운 나무 막대기를 턱 아래 꽂고 있다. 이름하여 '뽀뚜루'다. 그리고 손에는 칼, 등에는 활.

무서웠다.

비행기는 우리 촬영 팀 세 명과 많지 않은 짐을 내려놓고 구름 속으로 사라졌다. 만약 여기서 촬영팀이 위험에 처했다는 소식이 문명 세계에 도착할 때 즈음이면 우리는 이미 이 세상 사람이 아닐 터였다. 몰려온 조에족이 서슴없이 촬영팀의 옷이며 가방이며 머리카락을 만지기 시작했다. 얼어붙은 듯 쫄아서 얌전히 몸과 머리를 내어줬다. 다행히 공격적으로 보이지는 않았다. 심심하던 동네 주민들이 마실을 나온 듯 호기심을 반짝였다. 문명과 떨어져 살아가는 부족민에게 먼저 악수를 청하거나 포옹을 하는 건 금지되어 있다. 주춤주춤 갈피를 잡지 못하는데 이번에는 옷을 들추더니 셔츠나 바지 속으로 손을 집어넣었다. 성별을 확인하는 것 같았다. 부끄럽다. 그렇다고 제지하거나 덩달아 그들을 만질 수 없다. 가능한 호의적으로, 하지만 아무런 영향도 끼치지 않으면서 그들이 하는 대로 내버려두는 것이 미접촉 부족민을 만날 때 지켜야 하는 규칙이다.

조에족의 삶을 관찰하기 위해 갔지만 그곳에 머문 내내 우리도 관찰당했다. 우리가 밥 먹고 샤워하는 것도 그들은 전혀 민망해하지 않고 빙 둘러앉아 재미있게 쳐다보곤 했다.

덕분에 샤워할 때 팬티를 입고 했다. 그들 앞에서 속옷을 벗는 것도 규정에 어긋난다. 혹시나 외부인과 조에족 사이에 사랑이라도 싹트면 안 되니까. 신기하게도 조에족은 전원이 A형의 혈액형을 지녔다. 한 번도 다른 부족과 피가 섞이지 않았다는 증거다. 외부인과의 사이에서 아기라도 생기면 엄청난 후폭풍이 일어날 것이 분명했다.

아마존 부족은 서구 문명을 받아들였는지 여부에 따라 '접촉 부족'과 '미접촉 부족'으로 나뉜다. 조에족은 이제는 아마존에 거의 남아 있지 않은 미접촉 부족이다. 아마존 북부 계곡에 약 240명이 5천여 제곱킬로미터의 광대한 땅에 흩어져 살고 있다. 수렵채집과 만주오카 농사로 자급자족하며 자신들이 필요한 물건은 직접 만들어 쓰고 있다.

조에족의 외모 중 가장 특이한 것은 턱에 뽀뚜루를 꽂는 것이다. 영구치가 날 무렵 원숭이 뼈로 턱을 뚫은 다음에 뽀뚜루라는 나무를 깎아서 아이 턱에 꽂아준다. 조에족은 나체인 것은 전혀 신경 쓰지 않지만 뽀뚜루를 빼서 씻는 동안에 맨 얼굴을 촬영하는 것은 굉장히 부끄러워했다. 왜 뽀뚜루를 낄까?

"아버지가 뽀뚜루를 했고 아버지의 아버지가 했기 때문에 나도 하는 거야."

조에족의 답이었다. 나중에 아마존 인근 도시의 인류학자들에게도 물어봤지만 알지 못했다. 조에족이 사는 지역은 수리과의 큰 새들이 많이 산다. 혹시 토테미즘적 신앙으로 큰 새의 부리를 모방한 것이 아닐까 하는 정도의 추측이 가능하다. 어쨌든 뽀뚜루를 해야 조에족인 것이다.

조에족은 사냥의 천재들이다. 총을 사용하지 않고 여전히 활과 화살로 사냥을 한다. 시위를 떠난 화살은 대부분 사슴이나 새에 명중한다. 옆에서 봐도 정말 신의 솜씨다. 가끔 과녁을 벗어난 화살이 생겨도 귀신같이 찾아낸다. 한 번은 빗나간 화살이 20미터 높이의 나무 꼭대기에 박혔는데 거길 순식간에 기어 올라가서 소중한 화살을 회수했다. 원숭이만큼 빨랐다. 밀림을 쏘다니며 촬영을 하다 보면 갑자기 숲 안쪽에서 사냥하던 조에족이 뛰어나오기도 한다. 나체로 뽀뚜루를 끼고 등에 화살을 맨 그들을 볼 때면 마치 맹수가 나타난 듯 놀라게 된다.

조에족과 지낸 시간은 인생 최고의 경험이었다. 낯섦이 사라지고 참모습을 알면 알수록 그들의 순수함에 빠져들었다. 사냥한 사슴을 마을 사람들 숫자대로 나눌 때의 일이었다. 사냥을 해 온 주인공이 마치 솔로몬 왕처럼 고민에 고민을 거듭하며 사슴고기를 분리하고 있었다. 그래도 모두를 만족시킬 순 없는 법. 마을 사람 중 하나가 삐졌다. 자기에게 할당된 고기의 양이나 부위가 마음에 안 들었나 보다. 그가 해먹에 아무 말도 없이 누워버리자 조에족이 하나 둘 모이더니 갑자기 삐진 사람의 온몸을 간지럼 태우기 시작했다. 열댓 명의 사람들은 남자의 그곳(?)도 거침없이 긁어댔다. 여자들도 주저하지 않았다. 남자는 웃음을 참지 못하고 자지러지기 시작했고 결국 항복했다. 함께 있는 동안 알게 되었는데 조에족은 종종 잘 삐진다. A형은 소심하다는

혈액형 심리진단이 일리가 있는 건가?

조에족은 밀림 안쪽에 지붕이 없고 기둥만 있는 집을 지어 놓고 10여 명의 가족 단위로 무리 지어 지낸다. 이들의 사유재산이라고는 활과 화살, 목화로 만든 실, 진흙으로 만든 항아리와 솥 같은 그릇들이 전부다. 조에족 여인들은 시간이 될 때마다 집 앞에 나가서 들판에 가득 핀 목화솜을 따온다. 그러고는 거기서 실을 뽑아낸다. 그 실로 잠자는 해먹을 만들고 아기를 등에 업는 보자기도 만든다. 야자수 잎으로 가방을 뚝딱 만들어내기도 한다. 남자들은 집에서 기르는 무뚱의 깃털로 화살을 만든다. 이들에게 화살 한 개는 현대인들에게 자동차나 휴대폰 이상의 가치가 있다. 조에족은 필요한 모든 것을 스스로 만들어낸다. 사냥을 할 때도 어느 정도 먹거리를 잡았다고 생각하면 끝. 절대 남획하지 않는다. 바로 앞에 사슴이 지나가도 내버려둔다. 필요한 만큼 사냥해서 먹고 머물다 사냥감을 따라 이동할 때는 각자 한두 개의 짐만 들고 가뿐하게 움직인다. 떠난 자리는 깨끗하다.

조에족을 보며 인간이 살아가는 데 그리 많은 물건이 필요하지 않다는 생각이 들었다. 우린 마트에서, 온라인에서 손쉽게 물건을 산다. 썩 필요 없어도 더 좋은 것이 보이면 욕심내고 또 산다. 모든 것이 차고 넘치는데도 늘 부족해한다. 늘 상대적 박탈감에 시달리는 현대인의 삶. 끝없이 더 많은 걸 갖기 원하는 우린 지금 행복할까? 문명을 가르는 척도가 행복에 있다면 우린 조에족보다 훨씬 미개한 종족일지 모른다. 삶에 많은 것이 필요하지 않은 조에족 마을엔 웃음이 끊이질 않는다. 다녀봤던 세상 그 어디서도 그렇게 많은 웃음소리를 들어보지 못했다.

조에족 촬영을 할 때 알게 된 브라질 에이전시와 계속 인연을 맺고 있다. 코로나19가 대유행하기 두 달 전쯤 기쁜 소식을 들었다. 조에족을 다시 한 번 촬영하고 싶다면 기회를 줄 수도 있다는 것이다. 조에족 촬영은 〈아마존의 눈물〉 방송 당시에도 섭외에 1년 가까이 공을 들였고, 세계 유수의 방송사들도 좀처럼 촬영 허가를 받지 못하기 때문에 더할 나위 없이 귀중한 기회다.

"앱솔루틀리(Absolutely)!"

너무 가고 싶었다. 하지만 코로나19로 인해 기획 단계에서 촬영을 무기한 연기시켰다. 조에족은 우리보다 훨씬 바이러스에 약하다. 자칫 바이러스가 그들에게 전염된다면… 생각만 해도 오싹하다. 아마존 밀림 깊숙한 곳에서 조에족의 작지만 온전한 세상이 소위 문명이라는 이름에 물들어 상처받지 않고 오랫동안 지속되기를. 방송 욕심보다 더 간절한 소망이다.

사람만 좋은 친구가
되는 건 아니다

고작가

⠿

어릴 적에 줄곧 품었던 의문이 있다. 딱히 재미도 없는 세상에 사람들은 왜 살까. 어른이 되면 내 마음대로 살 수 있는 걸까. 인생에 대한 첫 번째 질문이었다.

유년의 첫 기억은 세 들어 살던 신림동의 단독주택이다. 내가 초등학교도 들어가기 전이었다. 당시 군인이던 아빠가 인근의 공군부대에서 복무 중이었다. 나는 혼자 있을 때가 많았다. 동생이 뇌막염 후유증으로 많이 아팠고 지금까지도 걷기 불편한 장애를 가지고 산다. 엄마는 바빴다. 엄마가 외출을 할 때면 밥공기에 밥이랑 달걀프라이를 비벼놓고 나갔다. 입이 짧은 나는 간장에 비벼놓으면 냄새가 난다며 안 먹고 그나마 소금에 비빈 것만 먹었다. 달걀 밥이라고 썩 좋아한 것도 아니다. 그래도 배가 고프면 혼자 밥공기를 들고 구석 방의 철제 책상 밑에 들어가서 먹었다. 누구의 책상이었는지는 기억나지 않는다. 그저 그 아래의 아늑함이 좋아서 종종 숨어들곤 했다. 하지만 식어 빠진 달걀밥은 역시 별로였다. 항상 다 먹지 않고 남겨서 엄마한테 한 소리를 들었다.

삶은 딱히 재미가 없었다. 크리스마스 날 주인집 아이들이 과자가 든 빨간 플라스틱 양말을 흔들며 산타클로스가 줬다고 자랑해도 뭔가 앞뒤가 안 맞는 느낌이었다. 혼자 집도 잘 보고 야무지다고 칭찬받는 아이였지만 내겐 한 번도 산타클로스가 온 적이 없었다. 주인집 아저씨가 산타가 바빠서 선물을 자신에게 맡기고 갔다며 준 적이 있긴 했다. 하지만 그때 이미 짐작하고 있었다, 산타클로스란 건 없다는 걸.

잘 먹지 않아서인지 나는 깡마르고 몸이 약했다. 유치원도 다니지 않았다. 빈 방에서 혼자 뒹굴거리는 시간이 많았다. 아무리 생각해도 다들 왜 사는지를 모르겠다. 어른이 되면 뭔가 무진장 신나는 일이 있긴 있는 걸까⋯?

초등학교에 가니까 좀 나아졌다. 적어도 할 일이 생겼다. 그중에서도 제일 좋았던 건 한글을 읽게 된 순간이었다. 학교 갈 때까지 아무도 글을 가르쳐준 적이 없어서 선생님이 칠판에 쓴 글씨가 저절로 읽히던 순간이 또렷이 기억난다. 홀린 듯 칠판을 바라보며 뭔가 신기한 세상이 열리는 기분이었다.

여전히 집을 봤지만 친구가 생겼다. 책이었다.

빨강머리 앤의 말처럼 '기억'하는 것보다 '상상'하는 것이 더 좋았다. 현실보다는 책 속 세상이, 그리고 책 너머의 세상이 좋았다. 〈안데르센〉이나 〈그림동화〉 시리즈도 재미있었지만 《80일간의 세계일주》를 읽으며 지구를 둘러보고 《메리 포핀스》와 함께 상상의 공간으로 날아 들어갔다. 계몽사에서 나온 〈세계위인전집〉, 〈한국위인전집〉을 다 읽는 데도 시간이 얼마 걸리지 않았다. 읽을 것이 없으면 백과사전도 읽었다. 중학교 때 집에서 발견한 《인간시장》, 《어둠의 자식들》이며 대학생 이모들의 책장에서 전태일 열사의 《어느 돌멩이의 외침》도 빼서 읽었다. 제대로 이해를 했는지는 모르겠지만 어쨌든 책을 읽는 동안은 심심하지도 외롭지도 않았다. 읽을거리가 없으면 허전했다. 화장실에 깜박 잊고 빈손으로 들어가면 팬티 라벨이라도 뒤집어서 읽고 있어야 마음이 안정되고 배변활동이 가능했다.

나이를 먹고, 일에 바쁘고, 시대가 변하고… 요즘은 솔직히 영상 콘텐츠에 더 눈길을 빼앗기게 된다. 며칠 전에는 〈자기 앞의 생〉이라는 영화를 보다가 내가 원작 소설을 읽었다는 사실을 중간쯤에야 깨달았다. 불과 1, 2년 전에 울컥울컥, 눈물지으며 읽었던 책인데…. 희한한 것이 중학교 입학선물로 받았던 《데미안》이 준 충격은 지금도 생생한데, 오히려 최근에 읽은 책들은 잘 기억이 나지 않는다. 산다는 것이 기억도 감정도 무뎌지는 일인지 무상하지만… 그래도 별 상관없다. 내가 아무리 오랜만에 아는 척을 해도 책은 언제나 그 자리에 있으니까, 함께 시간을 보내주고 내 감정을 어루만져주니까.

어른이 되어도 완벽한 답은 모른다. 다들 왜 사는 것일까. 어른이 된다고 제 마음대로 살 수 있는 것도 아닌데…. 사실 본인이 원해서 태어난 사람은 아무도 없다. 밑도 끝도 없이 세상에 던져져서 몇 십 년을 살아야 하는 것이 인간의 운명.

그 긴 운명의 여정에, 변함없이 곁에 있어 주는 친구가 있으면 혼자인 것이 두렵지 않다.
그리고 그것이 꼭 사람일 필요는 없다.

나는 누구이며,
여긴 어디냐고

김피디
:
:
:

아마존의 자바리 밸리에서 '삐융'이라는 벌레 때문에 촬영
팀이 초토화되었다. 온몸에 수백 군데가 물렸는데 그깟 헌
혈이야 해줄 수 있지만, 문제는 가려움이다. 처음엔 핏방울
하나가 작게 맺히다가 시간이 지나면 수포로 바뀐다. 그리
고 여태껏 경험하지 못한 절대적인 간지럼과 고통이 엄습
한다. 물론 이럴 때 긁으면 안 된다는 건 상식이다. 더구나
야생에서는 감염의 위험도 크다. 참긴 참아야 하는데 미쳐
죽을 지경이다. 정신 차려 보면 나도 모르게 긁고 있는 나
의 손을 발견한다. 이미 군데군데 핏방울이…. 군대에서 30
개월간 의무병으로 복무했던 촬영감독이 이런 증상은 햇

볕에 말리는 게 직방이라고 했다. 직사광선에는 소독 효과가 있고 햇볕에는 어쩌고저쩌고 성분이 있어서 간지럼도 완화시킨다며 상당히 논리적이고 의학적인 충고를 해줬다. 우린 촬영이 멈출 때마다 앞다퉈 직사광선으로 나아가 온몸을 말렸다. 하지만 상태는 점점 악화되었다.

나날이 붉게 부풀어 오르는 상처를 본능적으로 핥고 긁어대며 촬영을 계속하던 와중에 인근 지역에 간호사가 봉사 활동을 왔다는 소식을 들었다. 이미 온몸에 피딱지가 앉은 무렵이었다. 잠시 촬영을 접고 찾아간 우리의 이야기를 들으며 그녀의 표정이 심각해졌다.

"햇볕을 쬐면 상처 부위가 급속도로 안 좋아지니 낮에는 최대한 그늘을 벗어나면 안 돼요."

촬영감독은 애써 시선을 외면했다. 평생 약장수나 돌팔이에 속은 적이 없는데 하필 밀림에서 당할 줄이야…. 만신창이가 된 몸으로 자바리 밸리 촬영을 겨우 마치고 도시로 나와 병원에 갔다. 의사는 어떻게 버텼냐고 놀라워했고 가장 상태가 나빴던 조연출은 바로 입원했다. 내 몸에도 불주사 '땜빵' 자국처럼 그때 물린 흉터들이 곳곳에 남아 있다. 그때를 생각하면 지금도 온몸이 스멀스멀 가려운 느낌이다.

집 나가면 고생이다. 하물며 오지에서의 고생은 이루 말할 수가 없다. 하루하루가 생각지도 못한 경험의 연속이다. 야생 불곰들만 사는 러시아 쿠릴 호수에서는 대피소의 화장실에 가다가 기절할 뻔했다. 4백 킬로그램의 불곰 두 마리가 화장실 문 앞에 일렬로 기다리고 있었다. 순간, 나도 그 뒤에 줄을 설 뻔했다. 물론 그날의 배변은 찬 바람 횡횡 몰아치는 캄차카의 어둠 속에서 연신 주변을 돌아보며 우울하게 해결했다. 쓰촨에서는 판다를 만나기 위해 매일 판다 배설물을 가득 묻힌 옷을 입고 헛구역질을 하며 판다를 기다리기도 했고 영하 30~40도의 시베리아에서는 양철통 썰매를 타고 유목민 부족을 찾아가다 눈보라에 길을 잃기도 했다. 그럴 때마다 저절로 떠오른다.

'나는 누구인가. 여긴 어디인가. 나는 왜 여기 있는 걸까…?'

나는 특별히 용감하거나 모험심이 넘치는 사람은 아니다. 도시에서 자랐고 어릴 적에도 과한 호기심으로 사고를 친 적이 거의 없다. 운동 신경도 별로라서 굳이 따지자면 체육보다는 국·영·수가 더 맞는 편이었다. 다만, 피디라는 직업 덕에 쉽게 가볼 수 없는 다른 세상에 갈 수 있는 기회들이 생겼다. 그리고 그 경험을 다큐멘터리를 통해 다른 사람과 나누는 것이 좋았다. 불행인지 다행인지 아마존이며 남극 같은 오지를 가려는 피디들이 별로 없는 것도 내가 사지로 내몰리는 이유 중에 하나다. 어쨌든 인생에 남을 프로그램들을 제작할 기회가 됐으니 불만은 없다. 마치 직장인들이 매일같이 출근길에 오르듯 나도 그렇게 오지로 가는 비행기에 몸을 싣는다. 내 일이니까, 내 직업이 피디니까.

두 번째

결혼

2

사
랑
과

사 랑 이 란 · · ·

우연이 반복되면

운명이라고 믿는 것

결
혼

결 혼 이 란 · · ·

운명의 눈속임이 끝나고

현실이 시작되는 것

조에족의
사랑

김피디

.
.
.

〈아마존의 눈물〉 방영 당시에 주인공 '모닌'은 배우 조인성
닮은꼴로 큰 인기를 끌었다. 나 역시 밀림에서 모닌을 보자
마자 '주인공이다' 생각했다. 압도적인 비주얼과 함께 뿜어
져 나오는 카리스마 때문이었다. 밀림을 맨몸으로 뛰어다
닌 덕인가, 군살 하나 없는 근육질 몸매에 얼굴은 입체적이
고 조막만 해서 실제 배우를 해도 될 정도였다. 게다가 사
냥 솜씨가 기가 막혔다. 사냥만 나가면 엄청난 활 솜씨로
멧돼지나 사슴, 원숭이 등을 매번 잡아 왔다. 추장을 비롯
해서 지위나 계급 자체가 없는 조에족이었지만 모닌은 사
냥의 리더 같은 존재였고 주변의 인정을 받고 있었다. 게다

가 그는 부인이 셋이었다.

조에족과의 만남은 신선한 충격의 연속이었다. 모닌의 부인이 누구냐고 물었더니 '빠뚜아'라고. 그리고 그 옆의 여자 '시웨이'도, 그 옆의 '밍'도 다 부인이라고…. 시웨이와 밍은 자매고 빠뚜아는 그녀들의 고모였다. 원시 부족들의 결혼 형태 중에는 '폴리가미'라는 복혼제가 있다. 부인이 여럿인 경우도 있고 남편이 여럿일 수도 있다. 아마존이라는 거친 환경에서 살아가는 부족민들이 종족을 유지하기 위해선 우월한 유전자가 필요하다. 그래서 복혼제를 통해 모닌처럼 좋은 유전자를 가진 사람이 여러 배우자를 둠으로써 건강한 후손들을 퍼지게 하려는 것이다.

모닌의 아름다운 여동생, 투싸는 남편이 두 명이었다. 첫째 남편은 '바로'였고 둘째 남편은 '와후'였다. 이들에게는 아기가 하나 있었는데 누가 아빠인지 아무도 모른다고 했다. 아니, 그건 전혀 중요하지 않은 것처럼 두 남편은 자신의 역할대로 살았다. 나이가 있는 바로는 일주일에 며칠씩 처형인 모닌과 사냥을 다니며 부지런히 식량을 마련했고 어린 둘째 남편 와후는 투싸 옆에 딱 붙어서 자신의 머리를 다듬고 미모를 가꿨다. 동시에 아마존에 늘 도사리고 있는 위험으로부터 투싸와 아기를 보호했다. 문명사회의 눈으로 보면 욕받이 막장 드라마지만 아마존에서는 생존을 위한 합리적인 결혼 제도인 셈이다.

단, 이미 결혼한 조에족이 또 새로운 남편이나 부인을 얻기 위해선 첫째 남편이나 부인의 허락을 받아야 한다. 허락을 안 해주면 어쩌냐고 물었더니 조에족은 한 번도 허락을 안 해준 경우가 없다고 했다. 아… 정말 세상에서 가장 쿨한 사람들 같으니라고.

물론, 밀림 속 조에족의 세상과 우리가 사는 현실은 전혀 다르다. 우리가 만일 여러 명의 부인 혹은 남편을 둘 경우? 생각만 해도 가위눌릴 것 같다. 하나로 너무 충분하다.

떡볶이집
스물세 번째 여자

고작가

⋮

김피디가 좋아하는 떡볶이집이 있다. 못 말리는 '초딩 입맛'
으로 떡볶이, 라면, 김밥 같은 분식 마니아인 김피디가 첫
번째로 꼽는 곳이다. 함께 일을 할 때도 팀원들을 이끌고
여러 번 갔다. 백발이 성성한 사장 할머니는 김피디를 반가
워하지만 함께 간 다른 사람들에게는 아무 감흥이 없다. 여
자친구가 되어서 함께 가도, 결혼을 해서 함께 가도 마찬가
지. 개, 소, 말 중에 하나가 왔나 보다 하는 시크한 반응이다.
욕쟁이 할머니를 뛰어넘는 새로운 콘셉트인가. 의문은 곧
풀렸다. 김피디가 많은 여자를 데려갔기 때문이었다.

실제 증명이 된 날이 있다. 떡볶이를 먹다가 김피디가 유난

히 즐거워했던 날.

"뭐가 그리 좋으셔."
"저기 테이블에 여자가 예전에 만났던 여자야. 남자랑 왔네. 내가 데리고 왔었는데 역시 맛있었던 게지."
"감동적이네. 감사 인사라도 받아."
"남자랑 왔는데 남친일지, 남편일지, 최악의 경우엔 불륜일 수도 있는 나이야."
"다 늙어서 아름다운 재회일세."
"한 번 보냈으면 다시 질척대면 안 되지."
"이 집 사장님만 의문의 1승이야."

사장님으로서는 매우 아름다운 풍경일 거다. 김피디가 새끼를 치고, 그 새끼가 또 새끼를 치고⋯. 그렇게 떡볶이 가게가 몇 십 년을 번성하는 데 조금이나마 지분이 있으니 김피디가 여자를 바꿔 올 때마다 오지랖 안 부리고 공범이 돼주는 깊은 뜻이 있으신가. 나는 떡볶이집의 몇 번째 여자일까. 스물세 번째쯤? 물론 김피디는 절대 열 명이 안 넘는

다며 한 자릿수라고 주장하지만 내가 볼 땐… 서른한 번째
일 수도 있다.

이 상황이 어떠냐면… 웃긴다. 솔직히 웃긴 상황이니까. 재
미있는 일은 내가 김피디의 첫 번째 결혼식에도 갔었다는
사실이다. 부조도 하며 행복하게 잘 살라고 빌어주었는데
나의 바람은 결과적으로 오래가지 못했다. 그러고 보니 신
혼집 인테리어업자도 내가 소개해줬다. 그때 우리 집에 김
피디가 부인을 데려와서 인사도 시켰다. 나는 과일을 깎아
주며 가성비 높은 인테리어 요령을 가르쳐줬다. 그러고 보
니 팀원들과 신혼집 집들이에도 끌려갔었다.

과거사는 김피디를 놀려먹기 매우 좋은 건수다. 건수를 잡
으면 신이 난다. 의외로 허술한 데가 많은 김피디 덕에 빵
빵 터질 때가 많다. 과거사에 비뚤어져서 트집을 잡고 김피
디를 괴롭히자면 그럴 수도 있겠지. 하지만 그러면 싸워야
하고, 싸우다보면 결국 행복하지가 않을 것이다. 그 괴로운
짓을 뭐 하러 해야 하는지 모르겠다. 말 그대로 과거사인

걸. 지나간 일에 집착하면 나만 피곤하다. 내가 스물세 명의 여자 중에 젤 낫지 않나 하는, 팩트와 관련 없는 근자감(근거 없는 자신감)으로 살면 된다(어차피 확인 안 되니까). 또 까놓고 말하면, 나를 만나기 전의 일인데 어쩌겠어. 지금이 은장도 부여잡고 남녀칠세부동석 하며 사는 조선시대도 아니고, 알고 보면 나도 두 번째 결혼이다.

물론 김피디를 괴롭히지 않고 함께 웃는 가장 큰 이유는 김피디의 태도다. 함께 살며 김피디가 보여주는 부족함 없는 신뢰감과 어떤 위기에도 쏟아내는 유려한 립서비스. 많은 여자와의 시행착오를 거쳐 이렇게 좋은 부인을 만났다며, 다 나를 행복하게 해주기 위한 수련의 기간이었다나 뭐라나…. 참 뻔뻔하긴 하다. 그 재주로 스물세 명을 만났으려나. 근데 그럼 됐지 뭐.

연애도
다다익선?

김피디

초딩 입맛이라고 놀림을 받지만 떡볶이를 좋아한다. 떡은 밀가루여야 하고 국물이 끈적하면 안 된다. 매운맛과 단맛의 조화가 중요하고 채소가 너무 많은 것도 선호하지 않는다. MSG 역시 너무 많으면 안 되지만 아예 없어서도 안 된다. 서울의 유명 떡볶이집은 거의 섭렵했다. 그중 최고는 이촌동 떡볶이집이다. 물론 중학교를 이촌동에서 다니며 그곳에 입맛이 길든 탓이 크긴 하겠지만 아무리 까다로운 입맛의 소유자를 데려가도 별로 실패한 적이 없는 곳이다. 가성비 또한 탁월해서 팀원들을 잔뜩 몰고 가도 언제나 부담이 없다.

고작가는 내가 떡볶이집에 데려간 여자친구가 20명이 넘는다고 과다한 MSG를 뿌려대지만 절대 그렇지 않다. 일일이 세보지 않았지만 분명히 단 단위이고 혹시… 조금 넘는다 해도 열 명 안팎? 열서너 명쯤? 중학교 때부터 오랜 단골인데 그 정도야 뭐…. 좋아하는 사람이 생기면 좋아하는 음식을 함께 먹고 싶은 건 당연한 것 아닐까. 여자친구를 사귀게 되면 당연히 이촌동 떡볶이집에 데리고 갔다.

나는 연애를 하면 퍼주는 스타일이다. 사랑이란 감정이 세상의 전부인 양 눈멀었던 시절, 상처도 많았지만 그만큼 충만하기도 했다. 군대에 간 사이(방위라 훈련소 한 달이면 퇴소인데…) 고무신을 거꾸로 신은 그녀, 졸업식을 축하해주러 꽃다발 들고 간 내게 이별을 고한 그녀, 양다리를 걸쳐서 미안하다고 뒤늦게 고백한 그녀…. 쓰다 보니 줄줄이 소환되는 그녀들의 기억에 새삼 아프고 쓸쓸하긴 하다. 하지만 상처를 통해 성숙했고 돌이켜보면 아픔마저도 달콤했다. 그 시절의 치기 어린 사랑을 후회하지 않는다. 그로 인해 젊었던 그 시절, 막막하던 그때를 위로받고 버텨냈다.

요즘 살기가 팍팍해지면서 연애조차 두렵다는 자조와 넋두리가 들린다. 희망에 차 있어야 할 청년들이 내일에 대한 불안 때문에 연애는 사치고 낭비라고 여긴다. 안타까운 현실이다. 인생에서 자신의 감정에 순수하게 충실할 수 있을 때가 얼마나 될까? 그 시절 아니면 언제 유치할 수 있으며 언제 실수할 수 있을까. 힘든 시절이지만, 가능하다면 아낌없이 사랑하고 사랑받았으면 좋겠다. 어쩌면 사랑도 인간에겐 하나의 통과 의례 같은 것일지도 모른다. 연애란 결국 나를 알아가는 과정이란 말이 있듯이 상대를 통해 나의 감성, 성향, 인내심, 사람과 세상을 대하는 방법들을 배우며 성숙해간다.

그나저나 10년 넘게 함께 일하며 알아온 고작가에게 너무나 많은 이야기를 했다. 설마 같은 집에서 살게 될 줄은 몰랐으니까. 게다가 분명 다 정리한 줄 알았는데 어디선가 과거의 흔적이 새어 나온다. 여자가 두고 간 물건, 노트에 끼워놓은 사진들, 소설책 속 메모…. 분명히 치웠는데 왜 슬금슬금 기어 나오는 걸까. 여자들이 저주를 걸어놓은 건가.

문제는 누가 작가 아니랄까봐 고작가가 그간 들어서 알고 있던 정보와 증거들을 조합해서 숨겨진 스토리의 퍼즐을 잘도 꿰맞춘다는 거다. 그 솜씨에 감탄해야 하는 건가, 슬퍼해야 하는 건가. 그래도 다행인 것은 고작가가 질투에 몸을 불사르거나 나를 괴롭히진 않는다는 것. 오히려 MSG까지 뿌려대며 재미져 죽는다는 것.

나도 예전 이야기를 하다 보면 어리숙하던 그 시절이 생각나서 웃길 때가 많다. 웃다가 코 꿰어 다 털어놓고 또 빵 터지고…. 그래, 집에 틀어박혀서 무슨 재미로 사는지 모르겠는 고작가를 위해 이 한 몸 희생해서 즐겁게 해줄 수 있다면 기꺼이 던져드려야지. 사랑은 그때나 지금이나 달콤쌉싸름하다.

두 번째
결혼

고작가

∷
∷

김피디와 함께 살기 시작했을 무렵이었다.

김피디가 MBC에 입사해서 연수받던 시절의 사진을 봤다.

광채가 났다. 잘생김이 뚝뚝 흘렀다.

사진에는 아는 얼굴이 많았는데

유독 김피디 얼굴만 그랬다.

몇 년이 지났을까.

같은 사진을 봤다.

광채도, 뚝뚝 떨어지던 잘생김도 그새 어디 갔는지

흔적이 없다.

이 사진이 맞나 몇 번을 뒤집어 봐도 맞긴 맞았다.

함께 살면 살수록 진심으로 좋은 파트너를 만났다고 생각하는데 스스로 주문이라도 외고 있는 건가?
〈신비한 TV 서프라이즈〉에 제보해야 할 신기한 일이 아닐 수 없다.

두 번째 결혼이다.
두 번째는 사실 꼭 결혼이라는 형식이 필요한가 싶었다.
어쩌다 혼인신고는 했지만,
결혼식은 하지 말자는 의견이 잘 맞았다.
(둘 중 하나가 결혼식을 고집했다면 파투 났을 가능성이 농후함.)
아이를 낳지 말자는 의견도 같았다.
고작가에게 이미 딸이 하나 있으니 충분했다.
(딸내미도 새아빠를 환영함. 심지어 결혼식도 하라고 부추겼음.)
주인을 따라 서로의 서재도 동거를 시작했을 때
겹치는 책이 많았다.
(좋다고 들려주는 음악도, 추천하는 영화도 많이 겹침.)

텔레비전을 볼 때

리모컨을 손에 쥐고 계속 채널을 돌린다든가.

(매우 뜬금없는 순간에 돌려도 전혀 분노하지 않고 좋아함.)

영화를 볼 때

장르를 가리지 않고 완성도 높으면 오케이라든가.

(취향에 대한 고집이 없음.)

뭔가에 집착하거나 덕질하는 것에 취미가 없다든가….

(한 걸 또 하는 것보다는 새로운 것을 좋아함.)

사소한 기호나 행동 양식들이 비슷하다는 걸

시간이 갈수록 깨닫는다.

함께 살고 보니 방송이 더 잘됐다.

밥을 먹다가도, 텔레비전을 보다가도,

자려고 드러누웠다가도 방송 이야기를 하니까

일과 일상이 함께하면서 시너지가 생겼다.

월급 받는 피디와는 달리

건당 원고료를 받는 프리랜서 작가가 더 손해기는 하지만

그래도 남의 남편이 아니라 내 남편 일이 잘되는 거니까.

서로 반대인 면도 있다. 하지만,

대식가인 김피디와 먹는 데 별 뜻이 없는 고작가는 싸우지
않고 고작가가 남긴 걸 김피디가 먹는다.

종달새 형인 김피디와 부엉이 형인 고작가는 싸우지 않고
서로 얌전히 자고 있을 때가 제일 예쁘다고 덕담을 나눈다.

에너지 넘치고 부지런한 김피디와

움직이는 걸 싫어하는 고작가는 싸우지 않고

몸으로 움직이는 건 김피디가, 머리로 움직이는 건 고작가
가 한다.

무엇보다, 한 번씩 말아먹었던 경험이

서로를 조심시키고 있는지도 모르겠다.

두 번째에도 같은 실수를 반복하는 돌덩이들은 아닌 걸로.

인간사는 역시 새옹지마인 걸로.

잘생김 콩깍지는 세월 따라 사라져도

항상 웃음을 머금은 얼굴에 골골이 진해지는 주름이

더 매력인 걸로.

피디 남편,
작가 아내

김피디

⋮

다큐멘터리 촬영 현장에서는 늘 대환장 파티가 벌어진다. 드라마처럼 대본이 있는 것도 아니고, 연기자가 있어서 NG를 내고 다시 촬영할 수 있는 것도 아니다. 오지 촬영은 더욱 변수가 많다. 미리 헌팅이라도 가면 좋지만 오가는 비용이나 시간 문제 때문에 주로 현지 에이전시나 코디를 통해 파악하고 세팅을 하는 게 우리나라 다큐 제작의 현실이다. 하지만 그렇게 스태프와 함께 현장에 도착하면 듣던 것과 많이 다르다. 곰이 드글드글하다고 했는데 곰이 코빼기도 안 보이고, 원시생활을 한다던 부족 마을에 위성TV가 연결되어 있다. 데리러 오기로 한 비행기가 고장이 나는 바람에 남극반도에서 몇 주일간 오도 가도 못하는 신세가 되어 다음 촬영을 놓치기도 했다. 이럴 때마다 절망에 빠진 피디는 해결 방법을 찾아야 한다. 결국 현장에서 다시 섭외를 하거나 새로운 이야기를 찾아낸다. 영상도 최대한 많이 촬영해서 분량을 확보하려 한다. 재료가 풍부해야 이리저리 편집도 하고 좋은 그림도 고르고 할 수 있으니까 정말 역경과 고난을 극복하고 피를 토하며 찍을 때가 많다.

이에 반해 다큐멘터리 작가는 현장에 가지 않는다. 비용의 문제가 제일 크긴 하지만 프로그램의 구성과 팩트에 대한 냉정한 시선을 유지하기 위함도 있다. 그래야 현장 상황을 고려하지 않고 촬영해 온 그림만으로 시청자들과 똑같은 상태에서 냉정하게 판단하고 취사선택할 수 있으니까. 하지만 이게 비극의 시작이다. 작가는 현장의 고생을 모르니까. 해맑은 얼굴로 왜 애초에 찍으려던 걸 못 찍어 왔냐고 묻는다. 그럼 피디는 "이만큼 찍어 온 게 어딘데… 네가 가든가"라는 말이 목구멍까지 치밀어 오른다.

캄차카 가이저 밸리는 말 그대로 깊은 계곡과 온천으로 이뤄진 지형이라 이동 자체가 도전이었다. 사람이 살지 못하는 곰의 땅에 이동 수단이나 어떤 편리한 문명의 이기도 없다. 꾸역꾸역 수십 킬로그램 장비를 메고 산을 오르내리며 힘들게 불곰을 찾아야 한다. 그런데 몇 시간 걸어서 한 마리 만나면 그냥 자고 있다. 세 시간, 네 시간을 기다려도 잠만 자고 있다. "큐! 액션!"이라도 외치고 싶지만 말도 안 되는 소리, 무서워서 건드리지도 못한다. 불곰이 우리를 째려보거나 다가오면 도망갈 준비부터 해야 한다. 곰은 얼굴이 우리 몸통만 하다. 그렇게 개고생하며 찍어 왔는데 촬영한 그림을 본 고작가가 심드렁하다.

"왜 불곰이 잠만 자고 있지요?"
"다들 저렇게 자니까요. 아니, 불곰이 동면 깨서 나오면 풀 먹고 똥 싸고 자는 게 일과지. 일어나자마자 짝짓기하고 지들끼리 싸대기 날리며 난투극을 벌이나요?"
"그러게. 이번 거는 풍경이나 좀 써야지, 상황은 건질 게 없네. 영상 구성에나 좀 넣어야겠다. 보충 촬영에 대해 회의

나 좀 하자고요."

평가는 간단명료하다. '팩폭(팩트폭력)' 작렬. 울분이 치솟지
만 틀린 이야기는 아니다. 고작가의 저 인정머리 없음을 응
징하고 싶지만 방법이 없다. "네가 가라"라는 말은 가슴속
의 공허한 메아리일 뿐. 차라리 가이저 밸리에서 돌아오지
말고 곰 옆에서 풀이나 뜯어 먹고 있을걸.

선배 피디가 이런 말을 했다. 피디와 작가는 사냥꾼과 그
아내라는 것. 피디가 밖에 나가서 사냥감을 잡아오면 작가
는 그것을 가지고 맛깔나게 요리를 하는 거고 그 요리가
바로 프로그램이라는 것이다.

MBC 다큐멘터리 〈곰〉 제작 때는 촬영 원본이 60분짜리
테이프로 친다면 1천 개에 이르는 분량이었다. 방송에 나
가는 분량은 총 5시간이다. 다시 말해 1천 인분의 사냥감
을 잡아왔는데 딱 5인분의 요리를 만들어야 한다. 이제부
터 피디와 작가의 전쟁이 시작된다. 어떻게든 5인분의 요

리에 피디는 모든 사냥감을 집어넣으려고 한다. 결국 50인 분이 된다. 절대로 더 줄일 수 없다고, 이것만은 못 버린다 며 50인분을 부여잡고 괴로워하고, 작가는 이거 다 붙여봐 야 재미없다며 충분히 줄일 수 있다고 주장한다. 때로는 일 단 너 붙이고 싶은 대로 붙여봐라, 기다려주고 때로는 심혈 을 기울인 편집도 가차 없이 날리고…. 곰 다큐를 제작하며 그렇게 고작가와 최종 편집 작업에만 거의 석 달이 걸렸다.

신기한 것은 때론 싸우고 때론 협의하는 과정에서 결국 5인 분이 완성된다는 사실이다. 버리는 것은 힘들지만 버리고 또 버려야 프로그램이 완성된다. 미련 없이 냉정하게 비워 야 방송도 답이 나온다. 사실 고작가와 결혼해서 얻은 '개 이득' 중 하나는 능력 있는 작가와 언제든 일할 수 있게 되 었다는 것이다. 어차피 피디와 작가는 사냥꾼과 아내의 관 계라고 했으니 진짜 아내로….

이상한 개
'곰탱이'

고작가

두 번째 결혼을 한 뒤 우리는 단박에 네 식구가 됐다. 김피디는 마누라 말고도 예쁘고 똑똑한 딸에다가 하얗고 게으른 강아지까지 얻는 행운을 누렸다. 그리고 우린 개를 좋아한다는 또 하나의 공통점을 발견했다. 어엿한 우리 집 식구로 한자리 차지하고 있는 개의 정체는, 이름하여 곰탱이.

이름 곰탱이(별명 : 곰개, 곰탱개, 곰탱이개 곰탱개)

나이 2009년생

품종 스피츠. 수컷(중성화 수술을 완료한 비운의 사나이)

특징 동안. 소심. 추위와 더위를 많이 탐

취미 창밖 바라보기. 산책 가서 응가하기. 햇볕 드는 곳에
드러누워 낮잠 자기

곰탱이는 우리 집에서 독립생활을 하는 개다. 저 개가 우
리 집 개가 맞나 싶은 울트라 시크 쿨 도그. 동거인들을 아
는 척할 때가 하루에 한두 시간 정도 될까. 오라고 해도 자
기가 내키지 않으면 안 온다. 게슴츠레 실눈을 뜨고 상황
을 보다가 별거 없다 싶으면 다시 감아버린다. 심지어 동거
인들이 한밤에 들어오면 나와 보지도 않고 계속 잔다.(귀가
어두운가? 그래도 명색이 개인데?) 낮에도 대부분의 시간은 안방
침대에서 보낸다. 가끔 창가의 쿠션에 기대서 창밖을 하염
없이 바라보는 것이 취미. 동거인들이 와서 놀자고 해도 오
히려 자신의 베개쯤으로 여기며 여전히 침대에서 뭉갠다.
자리에서 밀어내도 웬만하면 밀리지 않는다. 깔고 누워버
려도 끙 하고 한숨 한 번 쉬고 두어 걸음 옮길 뿐.

곰탱이 행동의 동인은 오직 먹는 것과 산책이다. 그때만 무
겁던 엉덩이를 팔랑거리며 뛰어와 맴돌고 귀염을 떤다. 산

책할 때는 계단보다는 에스컬레이터 타는 걸 선호해서 자기가 그쪽으로 이끈다. 지나가는 사람들이 예쁘다고 하면 잠시 냄새를 맡아주거나 목덜미를 내어주는 정도. 하지만 멀리서 다른 개의 기척을 느끼면 바로 피한다. 자신의 반 토막만 한 작은 개가 와도 구석으로 벌벌⋯. 다른 개들이 친한 척하는 애견카페에 가면 기겁을 하고 줄행랑치기 바쁘다. 겁이 많은가, 어딘가 모자란가, 자신이 사람인 줄 아나⋯ 물어봐도 대답도 없고⋯.

곰탱이는 걸음도 제대로 걷지 못할 때 우리 집에 왔다. 솜뭉치 같았던 그때부터 환상적인 외모와는 달리 애교는 그다지 없었다. 자랄수록 주인에게 충성심도 별로 없고 게으른 것이 식탐만 많으니⋯ 머리가 나쁜건 아닌지 의심을 품었다. 곰탱이라 부르니 이름대로 간다고 사람들이 놀리기도 했다. 그 사건이 벌어지기 전까지는.

방송을 앞두고 잦은 밤샘에 들어가면 곰탱이가 안쓰러워서 외갓집에 맡긴다. 곰탱이는 서울 근교에 있는 외갓집을

좋아한다. 할머니가 먹을 것을 많이 주고 할아버지는 뒷산
으로 매일 산책을 데려가기 때문이다. 그날도 할아버지와
곰탱이는 발걸음도 가볍게 산책에 나섰다. 그리고 뒷산 정
상에서 아무도 없는 걸 확인하고 잠시 줄을 풀어줬는데 갑
자기 큰 개가 나타났다. 반갑다고 달려드는 개에게 혼비백
산한 곰탱이는 순식간에 반대편 산 너머로 도망쳤다. 그쪽
은 외갓집과는 전혀 연결이 안 되는 완전히 다른 동네의
아파트촌이다. 할아버지가 허둥지둥 산 아래까지 쫓아 내
려갔지만 곰탱이는 이미 사라졌다. 사람들을 잡고 물어보
고 이름을 외치고… 인근을 다 뒤져도 없다.

사색이 된 할아버지가 집에 도움을 요청했다. 전화를 받은
할머니가 놀라서 한달음에 뛰쳐 내려왔다. 어찌나 놀랐는
지 엘리베이터에서 내리는데 어디선가 곰탱이가 짖는 소
리가 들릴 지경이었다. 환청이 다 들린다며 현관 유리문에
다가서는 순간 믿기지 않은 광경이 펼쳐졌다. 1층 아파트
현관 밖에서 곰탱이가 문을 열라고 짖어대고 있는 것이다.
자동문이 열리자마자 곰탱이는 할머니를 알아보고 뛰어들

었다. 반가워서 수십 바퀴를 돌며 꼬리를 흔들고 난리였다.

분명히 산 정상에서 반대편 산으로 내려가는 걸 봤는데 어떻게 길을 찾아왔는지 지금까지도 미스터리. 한 가지 분명한 건 곰탱이가 멍청하지 않은 개였다는 것. 길눈도 밝다. 주인도 잘 찾아온다. 그럼 이 개의 정체는 대체 뭐란 말인가. 짐짓 멍청한 척하면서 주인을 귀찮아하고 있는 천재견 아닐까.

동거인과
동거견

김피디
⋮

마누라 말고도 예쁘고 똑똑한 딸과 하얗고 게으른 견까지
얻게 된 행운이라…. 뭐 그렇게 해석되는 측면도 있지만 주
말에 해가 중천에 떴는데 나머지 셋(고작가+딸+개)은 도무지
기상할 생각 없이 방에서 굴러다니고 나 혼자 세탁기 돌리
며 분리수거하고 욕실을 수리하고 있을 때면 "넌 고작가한
테 고용된 거야"라는 선배 피디의 말이 떠오른다. 게다가
우리 집에서는 성별과 종족을 초월해서 넷 중에 내가 제일
애교가 많다. 모녀는 애교와 담을 쌓았고 곰탱이도 그 둘
을 능가하는 무심 견이다. 또 다른 피디는 내가 너무 애교
가 넘쳐서 집안 애교 총량의 법칙에 따라 우리 집이 균형

을 이룬다나 어쨌다나. 아무튼 잘 살고 있는 걸 보면 우리 넷은 나름대로 잘 어울리는 조합인 것 같다.

곰탱이는 아무리 봐도 개가 아니라 고양이다. 대소변 실수한 번 없이 깔끔하게 제 몸만 핥고 건사하며 사람들에게 곁을 잘 내어주지 않는다. 고작가는 성이 고씨인 데다 생김도 고양이랑 비슷해 학교 때 별명도 '고얌이'였단다. 그래서인지 둘은 하는 짓이 무척 닮았다. 우선 침대를 사랑한다. 느지막이 일어난 고작가와 곰탱이는 거의 30분 이상 뒹굴뒹굴 멍하니 창밖을 바라본다. 고작가 말에 의하면 하루를 시작하는 매우 심오한 시간이라고. 어찌나 심오한지 오 헨리의 〈마지막 잎새〉를 보는 듯하다.

둘은 '귀차니스트'들이다. 누군가에게 다가가는 것도, 누군가가 다가오는 것도 썩…. 고작가와 다큐멘터리 〈곰〉을 편집할 때의 일이다. 편집실 복도에서 만난 동료 작가가 볼 때마다 밥을 먹자 한다기에 드시라고, 점심 먹고 편집해도 되니 아무 날이나 다녀오라 했다. 아니란다. 방송 끝나고 연락하는 게 심적으로 편하다더니 방송이 끝나고 반년 정도 지나서야 전화하는 걸 봤다. 모 피디가 보직을 맡으며 고작가에게 밥을 사겠다고 했는데 그 약속은 그 피디가 보직을 내려온 후에 고작가가 사는 걸로 마무리됐다. 이런 일은 드물지 않다. 본인 말로는 마음은 늘 있단다. 사람이 싫은 것도 아니란다. 만나면 좋단다. 하지만 바쁘단다. 늘 집에 있으면서 도대체 뭐가 바쁜지….

곰탱이가 꼭 닮았다. 사람이 다가와서 이쁘다고 쓰다듬어주어도 '개'귀찮아한다. 그냥 가던 길을 마저 가라 하는 눈빛이 역력하다. 심지어 주인이라도 자기 귀찮으면 아무리 목청 터지고 애달프게 불러도 오지 않는다.

둘이 닮은 또 하나의 공통점은 동안이라는 거다. 고작가를 처음 봤을 때 당연히 나보다 어린 줄 알았다. 알고 보니 내가 고작가보다 세 살이 적었다. 하지만 지금도 밖에 나가면 내가 오빠인 줄 안다(나도 주변에서 동안이라며 깜짝깜짝 놀라는데). 고작가는 본인이 잘 움직이지 않아서 늙는 것도 더딘

거라는 듣도 보도 못한 이론을 제시하며 이렇게 동안인 부인이랑 살아서 내가 너무 복이 많다고 주장한다.

"어머, 아직 어려서 겁이 많나봐."

덩치 큰 시바견의 주인이 내 뒤로 숨는 곰탱이를 보며 웃는다. 시바견은 두 살이라는데 곰탱이는 열 살이 훌쩍 넘었다. 하지만 가는 곳마다 강아지 몇 살이냐는 소리를 듣는다. 사람 나이로 치면 칠순 할아버지급인데… 극강 동안 견이다.

둘이 다른 점이 있다면 식탐이다. 고작가는 안 죽을 만큼만 먹는다. 곰탱이는 배 터져 죽을 만큼 주는 대로 다 받아먹는다. 그것만큼은 날 닮았다. 밥을 주고 뒤돌아서면 눈 깜짝할 새 다 먹고 다시 밥을 달라고 따라다닌다. 평소엔 "곰탱아~" 하고 불러도 못 들은 척하다가 비닐 뜯는 소리만 나면 자다가도 득달같이 달려온다. 뭐라도 얻어먹을까 해서다. 먹을 걸 안 주면 정말 끈기 있게 기다리며 〈슈렉〉의

'장화 신은 고양이'처럼 애처롭게 바라본다. 사람 먹는 음식은 강아지 건강에 좋지 않기 때문에 고작가는 자제하지만 마음 약한 나는 늘 흔들린다.

"줘? 말아?"

고작가가 잠시 등을 돌리고 있을 때 뭔가 조금 떼어서 곰탱이를 주면 고작가가 귀신같이 알아챈다.

"주지 마."

아… 등에도 눈이 달렸는지…. 입맛을 다시며 다시 그윽하게 날 보며 한 입만 더 달라는 곰탱이 눈빛은 늘 마음을 아프게 한다. 내가 그렇다. 밥 먹고 돌아선 지 얼마 됐다고 왜 다시 배가 고픈지….

곰탱이가 먹는 거 만큼 좋아하는 것이 바로 산책이다. 곰탱이는 동네를 돌아다니며 주변 모든 것의 냄새를 맡는다. 잔

디나 흙을 만나면 응가를 하는데 먹는 게 많아서인지 보통 한 번 산책에 두세 번 정도 응가를 한다. 따라다니며 치우는 것도 일이다. 새벽에는 주로 나 혼자, 밤에는 고작가와 함께 곰탱이를 산책시킨다.

움직이는 걸 귀찮아하는 고작가지만 곰탱이를 위해선 기꺼이 몸을 움직인다. 효자 강아지가 아닐 수 없다. 엄마 건강을 위해 그렇게 응가를 하나 보다. 요즘 고작가는 지방종으로 수술을 한 곰탱이의 살을 빼고 건강을 유지해주기 위해 황태와 채소를 직접 달여 만든 건강식과 저지방 사료를 1:1 비율로 먹이며 지극정성이다. 정작 본인 밥은 잘 챙겨 먹지도 않으면서.

곰탱이는 우리의 삶을 바꾸었다. 자신과 공통점을 찾아내며 좋아하고, 나쁜 버릇은 서로를 닮았다며 놀려댄다. 곰탱이 덕에 집순이 고작가의 방구석 라이프가 더 풍요로워졌다. 집에서 일하다 무심한 듯 어느 순간 시선이 걸리는 곳에서 널브러져 자고 있는 곰탱이를 발견하면 힐링이 되고 스트레스가 날아간단다. 기특하게 고작가 본인을 따라 다니며 자고 있다나…(참 감동할 일이다). 저녁 먹고 고작가와 함께 곰탱이 데리고 동네를 산책하는 시간도 행복하다.

배부른 얼굴로 귀신같이 햇볕 잘 드는 창가 자리를 찾아가 졸고 있는 곰탱이의 모습을 보고 있노라면 언젠가 헤어질 날이 온다는 것이 믿기지 않는다. 나를 닮은, 고작가를 닮은 곰탱이가 오래오래 우리 곁에 있었으면 좋겠다.

사막을

건너는

법

3

여 행 하 며

:

항상 먼저 웃으며 나를 웃겨주려고 할 때

(내가 아는 세상에서 가장 웃긴 사람.)

비행기나 자동차에서 편히 기대라고 아낌없이
자신의 몸을 내어줄 때

(쿠션감도 좋다.)

운전하며 손을 잡고 있을 때

(차가 출발하면 손부터 내민다.)

화장실에 들어가면
맘 편히 일을 보라고 TV나 음악을 크게 켤 때

(김피디는 하루 두 번 이상 사운드 신경 안 쓰고 100퍼센트 성공.)

사랑받는다
느낄 때

⋮

차가운 내 손, 발을 자신의 몸에 녹여주고
저녁이면 발 마사지를 해줄 때

(자신의 발도 슬며시 내민다.)

무거운 거 못 들게 하고 위험하면
앞으로 나서 자신의 몸으로 막아설 때

(덩치가 두 배.)

사고 싶은 게 있으면 다 사라고 할 때

(카드값 나올 때 후회는 나의 몫.)

화장도 안 하고 부스스한 얼굴로 다녀도 예쁘다고 할 때

(영혼이 있는지 의심스러울 때가 많음.)

사랑한다는 말을 아끼지 않을 때

(늘 자신의 마음을 표현한다.)

울루루를
향해

김피디
◦
◦
◦

세상에서 가장 큰 바위가 있다. 높이가 348미터에 둘레도 10킬로미터에 가깝다. 지표면 위로 올라온 일부분(정확히 7분의 1)의 크기만 그 정도. 사막 한가운데 떡하니 놓인 그 붉은색의 거대한 바위 위로 태양이 뜨고 진다. 이름하여 세상의 중심, 지구의 배꼽이라 불리는,

울루루(Uluru).

그 거대한 돌덩어리를 보러 갔다. 한 해가 다 갔는데 휴가가 꽤 쌓였었다. 다큐 만든다고 곰 쫓아다니느라 2년간 주

말도 반납하고 너무 열심히 일했다.

추운 걸 싫어해서 섭씨 18도씨 아래로만 떨어져도 활동량이 급격히 줄어드는 고작가는 겨울에 한여름인 나라로 떠난다는 말에 혹해서 울루루가 사막 한복판에 있다는 데에는 별 이의를 제기하지 않았다. 브리즈번에서 시드니, 멜버른까지 해안의 주요 도시를 거친 후에 사막을 관통해서 울루루로 가는 루트를 짰다. 6천 킬로미터가 넘는 장거리를 자동차로 달리는 코스였다. 여느 때처럼 숙소와 렌터카만 정하고 떠나려는데 예기치 못한 복병을 만났다. 때는 크리스마스와 연말 시즌. 여행의 핫 시즌 중에서도 클라이맥스 기간이라 호주의 관광지와 인구의 대부분이 몰려 있는 해변 도시들에서는 숙소도 렌터카도 모든 게 비쌌고 그나마 풀 부킹이었다. 그래도 도시는 그럭저럭 비집고 예약을 했는데 사막이 문제였다. 숙소라는 것 자체가 몇 개 없었고 가물에 콩 나듯 있는 곳은 오래전에 예약이 이미 끝났다. 울루루에 꽂힌 여행인데 정작 울루루에 못 가는 거야… 하려던 순간, 신박한 아이디어가 떠올랐다.

그럼 캠핑카지.

사막 여행은 주로 캠핑을 하는 모양이었다. 캠핑장들이 눈에 띄었다. 촬영 가서야 셀 수 없이 캠핑을 많이 해봤지만 자유 의지로 캠핑카 여행을 한 적은 없다. 그래도 숙소와 렌터카가 한 방에 해결되니까 도전하기로 했다. 사막에서의 캠핑이라… 뱉어놓고 보니 설렜다.

그렇게 떠났다.

그리고 끝없는 사막의 지평선을 바라보며 달리던 어느 순간, 갑자기 하늘을 향해 우뚝 솟은 바위를 마주했다. 한눈에 다 담을 수 없을 만큼 거대했다. 떠나면 만날 수 있는 것이 있다.

사막, 캥거루 그리고 '나.'

집에서 새는 바가지,
들에서도 샌다

고작가

:

항상 담배가 문제다. 인천공항 면세점에서 전자담배를 두 보루 사놓고 뿌듯해하던 김피디가 호주에 다가갈수록 기색이 안 좋다. 호주 입국 관련 규정에 담배가 두 갑(새것 한 갑, 피던 것 한 갑) 이상 반입이 안 된다는 걸 비행기에 타고서야 안 것이다. 호주는 담배에 세금을 엄청나게 때리기 때문에 한 갑이 거의 2만 원이나 할 정도로 비싸다. 특히 전자담배는 반입은 물론 현지에서 구하기도 어렵다. 크게는 권력이나 돈 같은 것부터 소소하게는 술, 차, 옷 등 뭐 하나 크게 집착하지 않는데 오직 담배만은 절대 못 끊는 김피디.

여행 가서 싸운 일이 있다면 99퍼센트가 담배다. 스페인에서 모든 일정을 마치고 공항에 일찍 도착했다. 여유 있게 출국 수속을 하려는데 갑자기 김피디가 먼저 들어가란다. 슬슬 눈치를 보며 마드리드 공항 내부가 무조건 금연이라 본인은 좀 늦게 출국장에 들어가겠다고. 당시 공항에는 사람이 많아서 앉을 자리 하나 없이 시장통처럼 붐볐다. 거기서 뭉개자니 미안하고, 들어가자니 담배를 장시간 필 수 없는 것이 괴로웠던 거지. 나는 싫다고 했다. 김피디가 한숨을 푹푹 쉬며 불행한 표정과 온갖 명연기로 호소하더니 그래도 싫다고 하자 드디어 짜증을 냈다. 내… 참… 이럴 때는 싸워야 하는데 일단 꼴보기가 싫어진다. 그래, 저 꼴을 보느니 먼저 들어가는 게 낫겠다 싶어 그냥 들어가겠다고 했다. 갑자기 미안한지 같이 가자며 줄을 서는데 얼굴이 몹시 불행하다. 참, 보기 싫다. 그냥 스페인에 남아라.

생각 같아선 당장 끊으라고 하고 싶지만 아는 게 죄, 같은 일을 하는 것이 문제. 촬영이나 편집이 피 말리는 작업인 걸 아니까. 촬영 현장에서 말도 통하지 않는 곰과 씨름하고 말 안 듣는 스태프들 다독이며 받는 스트레스를 고독하게 담배 피우며 달랜다는데, 온종일 편집실에 있다가 가끔 나와서 담배라도 물고 머리를 비운다는데… 독하게 말리기가 힘들다. 아니, 말려도 듣지 않는다.

김피디에게 담배를 가지고 갈 수 없는 건 매우 큰 시련이다. 호주 가는 비행기 안, 옆자리에서 고뇌에 빠져 허우적거리는 소리가 들린다. 꺼먼 피부가 더 시꺼메졌다. 고개만 대면 자던 사람이 숙면에 이르는 데 10분가량 소요되고, 밥 시간이 아닌데도 자주 잠을 깬다. 그래도 법을 어길 수는 없다. 나는 이래 봬도 운전 초보 시절에 딱 한 번 교통법규를 어긴 게 처음이자 마지막이었고, 세금을 몹시 잘 내서 모범 납세자로 선정된 사람이다. 김피디도 민폐 끼치는 걸 세상에서 제일 싫어한다. 차라리 호구의 길을 묵묵히 걷고 있는 원수.

결국 전자담배 두 보루를 비행기에 두고 규정대로 두 갑만 빼서 내리기로 했다. 엄중한 결단의 순간에 김피디 눈에서 피눈물을 본 것도 같다. 마음 깊은 곳에서 진한 고소함이 몰려왔다. 마침내 착륙을 앞두고 좌석 아래 두었던 내 에코백을 챙겼더니 그 안에 전자담배 두 갑이 들어 있었다. 김피디를 좌악 째려보니 배시시 웃는다. 사랑한다며 두 갑만 들고 들어가달라고.

아… 이 화상을….

단호히 싫다 했다. 이번엔 시꺼먼 얼굴이 허애지며 애원한다. 너무나 사랑한다며 난리가 났다. 결국 아홉 시간 반의 비행이 끝나고 호주 입국장의 검색대에 섰을 때는 내 가방에도 담배 두 갑이 담겨 있었다. 김피디의 즐거운 여행을 위해. 우쒸.

여행의
맛

김 피 디

코로나19라는 팬데믹을 겪으며 답답한 일 중 하나는 '현재'가 사라지고 뭐든지 뒤로 미뤄야 하는 것이었다. 늘 하던 일상도 찜찜해하며 미루고, 만남도 약속도 다음으로, 여행은 더욱 언제일지 모르는 먼 훗날을 기약해야 했다. 오늘이 즐거워야 인생이 즐겁다는 말이 있는데 지금 이 순간을 빼앗기며 삶의 크고 작은 기대들이 사라져 버리는 듯했다. 나는 여행을 좋아한다. 떠나고 싶으면 별 고민 없이 떠난다. 하지만 전염병으로 발이 묶이면서 여행이 내게 주었던 의미를 다시 생각해보게 됐다.

몇 년 전부터 고작가와 1, 2년에 한 번 정도는 맘먹고 한 달 가까이 여행을 떠난다. 삶에 있어 균형이 중요하다는 생각이 들면서부터다. 짬 날 때 쫓겨 가는 여행, 혹은 남들 다 가는 시즌에 덩달아 휙 훑고 오는 여행보다 조금 더 재충전이 될 수 있는 여행이 필요하다고 느꼈다. 매여 있는 일상에서 벗어나 충분히 나를 비우는 시간 말이다. 그리고 언젠가 은퇴한 미래에는 좀 더 많은 시간을 떠나 있기를 희망한다. 바빴던 젊은 날에 경험할 수 없었던 새로운 일상을 누리며 노년을 보내고 싶다.

한국인은 오래 일하기로 유명하다. 그 원동력으로 전쟁을 겪은 지 70년 만에 기적 같은 경제 성장을 이루었다. 하지만 OECD 가입국 중에 자살률이 1위라는 비극도 발생했다. 하루 평균 40명에 가까운 사람들이 스스로 목숨을 끊으며 10대부터 30대까지 사망 원인 1위가 자살이다. 고도의 압축 성장은 치열한 경쟁에서 밀려난 사람들에게 두 번째 기회를 주려 하지 않는다. 게다가 학연, 지연, 사적인 교류가 끈끈하게 얽힌 한국 사람들의 인맥 속에서 조금만 도

태돼도 왕따가 된 듯한 고립감과 불안함을 느끼게 된다. 사회는 나날이 풍요로워지는데 사람들은 점점 삶의 이유를 잃어가고 있는 현실이 참으로 아이러니하다.

방송 스케줄에 헉헉대며 살다 보면 내 삶도 방송 스케줄에 맞춰 흘러가버린다. 위클리 프로그램을 하면 한 주가 어떻게 가는지 모르게 스르르 사라진다. 1년짜리 곤충 다큐를 하면 1년이 훅, 2년짜리 곰 다큐를 하면 2년이 그렇게 훅 지나가버린다. 인간의 마음이 간사해서 오지에서 힘들 땐 무사히 방송만 마치면 행복할 것 같은데 막상 마치고 나면 마음 한구석에서 허탈감이 밀려온다.

떠나야 내 삶이 다시 보인다. 아이템을 못 찾아 전전긍긍하던 순간, 내 마음 같지 않은 스태프와 주인공들, 변화무쌍한 제작 환경에서 모든 결정을 내려야 하는 피디의 부담, 엉덩이에 종기가 날 만큼 지긋지긋한 편집실… 사실 방송 제작이라는 것이 강도 높은 스케줄과 스트레스의 연속이다. 그 속에서 복닥거리다 보면 방송이 끝난 후의 뿌듯함에도 무감각해진다. 떠나 있는 순간에야 비로소 줄곧 나를 짓누르던 고민이 별거 아닌 듯 보이고, 내가 하는 일도 소중하게 느껴진다. 이러려고 열심히 일했지… 하고 말이다.

요즘 말로 '영끌', 즉 영혼까지 끌어모아도 직장인의 휴가라는 것에는 한계가 있고 예산도 넉넉하지 않다. 그래도 몇년 전부터 일본 큐슈 일주, 스페인 바르셀로나부터 마드리드까지, 시칠리아섬에서 시작한 이탈리아 종단 등 그때그때 상황과 여건에 따라 꽂히는 곳으로 자동차 여행을 다녔다. 코로나 사태가 있기 직전에는 운 좋게 호주에 다녀왔다. 아름다운 해안 도시들도 좋았지만 대륙의 거친 사막과 울루루는 또 다른 경험이었다. 코로나에 갇혀 있는 동안 울루루는 줄곧 내 휴대폰 프로필 사진을 차지하고 있다. 그 추억으로 일상을 살아내고 언젠가 다시 떠날 날을 꿈꾼다.

그래도 완벽한
여행은 없다

고작가

"12월은 호주에 체리가 절정이래. 우후~"

김피디가 체리피킹 계획을 세웠다. '영'이라는 도시에 가면
농장에서 실컷 체리를 따 먹고 남은 건 바리바리 싸 들고
나오는 체리 피킹을 할 수 있단다. 난 과일이 좋아! 눈누난
나~ 신난다.

시드니 남서쪽에 있는 영으로 가려면 일반적인 관광 코스
에서 벗어나 내륙으로 살짝 돌아야 한다. 내륙에 접어드니
해안의 대도시에서 느끼던 청량함과 활기가 사라지고 햇

볕은 장난이 아니었다. 동물들조차 열기에 지쳤는지 도로 양옆으로 끝없이 계속되는 농장에 소도, 양도, 말도 모습을 감췄다. 간간이 마을을 통과하는 동안에도 거리에 사람이 없다. 호주는 인구밀도가 낮다더니 정말이네.

"호주 바람 휘날리며 흩날리는 체리 향이 울려 퍼질 이 거리를~ 체리랑 걸어요~"

가사와 음이 다 틀리게 불러대는 나의 노래에 김피디가 원곡 멜로디가 기억나지 않는다고 절규할 무렵(원곡은 〈벚꽃엔딩〉) 통통하게 잘 익은 체리들로 붉게 물들어 있어야 마땅한 도시, 영에 도착했다. 하지만 웬걸, 아스팔트가 녹아버릴 것처럼 강렬한 태양이 접수하고 있는 마을에는 개미 새끼 한 마리 없다. 말 그대로 텅 비어 있다. 더워서 그런가. 그렇겠지?

이건 아니다 싶기 시작한 건 좁은 도심의 가게들조차 문을 닫았다는 걸 깨달았을 때다. 식당도 모조리 닫았다. 먹을

게 없어 마트에 갔더니 손님이 우리뿐이다. 이젠 무서워지
려고 했다. 이러다 유령 도시에서 연쇄살인마한테 끌려가
는 건 아닐까. 떠돌이 여행객이 사라지면 그걸 눈치채는 데
얼마나 걸릴까. 겨우겨우 문을 연 테이크아웃 피자집을 찾
아서 저녁을 해결하며 물어봤다.

"체리 시즌은 끝났어요. 12월 25일 크리스마스 축제를 끝
으로 체리 피킹도 끝이에요."

그날은 12월 27일. 아, 왜 굳이 영에서 자고 영으로 돌아 영
을 통과하는 길을 잡았던가. 다들 신나게 축제를 마치고 떠
나버린 이 썰렁한 시골에. 혹시나 해서 인터넷을 검색해 찾
아간 농장들마다 클로즈드(Closed) 사인만 나부꼈다. 그나
마 관광안내소에서 알려준 곳에 갔더니 커다란 창고가 하
나 열려 있고 부부로 보이는 노인 둘이서 느릿느릿 정리
중이었다. 와중에 수확이 끝난 체리를 담아놓은 커다란 비
닐봉지들이 보였다. 너무 반가워서 두 바가지를 샀다. 서울
의 마트보다 비싸게.

여행을 느슨하게 잡다 보니 어처구니없는 실수가 많다. 이탈리아에서 기대하고 달려간 와이너리는 이미 문을 닫았다. 4시 10분경에 도착했는데 4시가 마감이었다. 선물해주기로 마음먹었던 계획이 와장창 깨졌다. 중간에 경치 좋다고 뷰포인트에 내려 노닥거리지만 않았어도 되는데 후회한들 소용없는 일이다. 스페인에서는 가는 맛집마다 시간이 안 맞고 동선이 꼬이거나 줄이 길었다. 무엇보다 점심시간이 오후 1시부터이고 저녁도 늦은 밤에 시작하는 바람에 배고프면 정신을 잃는 김피디가 아무 데나 눈에 보이는 거 먹자는 대로 먹게 됐다. 결국 다들 최고라는 스페인 음식이 뭐가 그리 맛있다는 건지 모른 채 귀국했다.

여행은 주로 김피디가 주도하고 계획을 짠다. 그러니까 여행지에서 빈번히 발생하는 '삑사리'도 김피디의 역량. 그러거나 말거나 김피디에게 기꺼이 모든 주도권을 양보한다. 여행을 떠나기 전부터 계획을 짜고 검색하고 예약하는 수고를 한 것이 김피디니까. 토를 달 거면 내가 짰어야지, 수고로움은 담당하지 않으면서 불평만 하는 건 아니라고 생각한다. 솔직히 솟구치는 분노를 참는 것도 아니다. 여행은 매 순간 낯선 곳에서 선택의 시간을 맞는다. 뭘 선택하든 어차피 정답이 없는 것이 여행인데 목숨 걸고 고집부릴 이유가 있을까. 선택의 기로에서 우선할 것은 더 수고한 사람 혹은 더 수고할 사람의 의견을 따르는 것이다. 0대 100은 없다. 사람이 저만 다 가질 수가 있나. 무언가 받았으면 양보하는 것이 공평한 것 아닐까.

가끔 다 가지고 싶어 하는 사람들이 있다. 제멋대로인 것도 모자라 남도 저 편한 대로 휘두르려고 한다. 세상에 아무 일도 안 한 주제에 큰소리만 치는 법은 없다. 세상을 그렇게 없는 법대로 살려는 건 스스로 욕구불만에 빠지고 불행해지는 지름길이다. 여행도 세상살이도 마찬가지. 직접 수고하든가, 그렇지 않으면 불만이 없든가. 이도 저도 싫으면 혼자 다 해결하며 다니든가. 맡겼으면 믿어주는 것이 함께 여행하는 기술, 그리고 내가 행복한 기술이다.

잘못했으면 대가를
치러야 한다

김피디
:

어처구니없다. 하나, 둘… 끝났나 싶었더니 또 날아왔다.

가고 싶은 데로 가고, 쉬고 싶은 데서 쉴 수 있고, 내 마음 내키는 대로 다닐 수 있는 자동차 여행을 좋아한다. 하지만 대가가 따른다는 걸 알게 되었다. 해외에서 렌터카를 운전하려면 그 나라의 교통법규를 미리 숙지해야 한다. 아니면 한국에 돌아와서 범칙금 폭탄을 맞는다. 스페인 여행 때는 바르셀로나에서 렌터카를 빌려 발렌시아, 그라나다, 론다, 세비야, 톨레도를 거쳐 마드리드에서 아웃(out)했다. 그 멋진 코스를 달린 대가로 교통 범칙금들이 어느 날 갑자기 한국까지 우편으로 날아왔다. 렌터카를 빌릴 때 사용한 카드로 청구되어 자동으로 출금되니까 처음에는 카드가 해킹된 줄 알았다. 아니었다. 확인해보니 고속도로 과속 범칙금이란다. 거의 추월도 하지 않고 조심조심 다녔는데 어느 순간에 카메라에 찍힌 것이다.

그리고 다음 달에 또 청구되었다. 아… 이번 건은 진짜 해킹이다 싶었는데 확인해보니 또 범칙금이었다. 신호위반이다. 한국에서도 지난 십 년간 한 번도 위반한 적 없는데 스페인 교통법규를 완전히 숙지 못한 탓이다. 한 번에 청구되면 좋으련만, 스페인은 지역별로 처리되는 시간도 다르고 워낙 나라 시스템이 느려서 끝났나 하면 또…. 몇 달에 걸쳐 잊을 만하면 한 번씩 반갑지 않은 손님이 날아들었다.

이탈리아에서는 ZTL에 주의하는 것이 까다로웠다. ZTL (Zona Traffico Limitato)이란 수백, 수천 년 이상 오래된 문화재를 보호하고 차량 정체를 막기 위해 관광객 등 외부 차량의 진입을 금지한 지역이다. 로마, 나폴리, 피렌체 등 교통이 복잡한 대도시엔 대부분 ZTL 지역이 존재한다. 빨간색 원 모양의 ZTL 표지판이 보이면 일단 우회해야 한다. 그러지 않으면 5만 원 이상의 벌금이 기다리고 있다.

호주에서의 운전은 당황스럽다. 한국과 차선도 반대, 운전석도 반대다. 종종 차에 타고 핸들이 없어서 놀라기도 하고 조수석에 앉은 고작가 무릎에 엉덩이를 들이밀기도 하고…. 호주는 무엇보다 다녀본 곳 중에 가장 벌금이 세다. 속도위반이 수십만 원이며 주말은 추가 할증이 붙어 자칫 백만 원이 넘을 수도 있다. 신호 위반, 안전띠 미착용, 운전 중 통화는 물론 유리창을 열고 팔을 내밀거나 창틀에 팔을 올려놓는 것도 벌금이다. 평균가가 30~40만 원 사이. 단속 경관에겐 벌금 액수를 조정할 수 있는 권한이 있어서 잘못 항의하면 또 추가 십만 원이 붙는다. 두세 번만 위반해도 운전면허가 정지될 수 있어서 호주인들은 교통법규만큼은 칼같이 지킨다고 한다.

차도 많고 복잡한 호주의 도시를 벗어나 끝없이 펼쳐진 시골길에 들어서며 마음이 느긋해진다. 그렇게 방심했던 탓인가? 뉴 사우스 웨일스의 시골길에서 이름 모를 작은 마을에 들어섰는데 경찰차가 사이렌을 울리며 따라붙었다. 내가 무슨 잘못을 했지? 일단 차를 세웠다.

헬멧부터 부츠까지 복장을 잘 갖춰 입고 완전무장을 한 호주 경찰이 차 유리문을 톡톡 쳤다.

"지금부터 우리의 대화는 녹화됩니다."

저런 멘트는 〈피디수첩〉 취재할 때 주로 썼던 말인데…. 긴장감이 팍 오른다. 단어 하나하나에 힘을 주며 신중하게 경찰이 말했다.

"과속입니다."

"여기 시속 60킬로미터인데요. 우린 50으로….'

"아닙니다. 마을에선 시속 40킬로미터로 가야 합니다."

그땐 몰랐는데 별 차이도 없는 시골길이지만 마을에 들어서면 무조건 감속해야 한다. 한적한 국도에서는 1백 킬로미터, 마을 어귀에선 60킬로미터, 마을에 들어서면 40킬로미터, 마을 중심을 지나게 되면 30킬로미터로 제한 속도가 낮아진다. 표지판이 서 있지만 몇 킬로 사이를 두고 계속 변하는 속도 제한을 외국인이 어떻게 알겠나. 우리나라는 앱을 키고 달리면 과속 경고음이라도 울리는데 그것도 아니니, 조심한다고 해도 걸리기 딱 좋다.

경찰은 국제운전면허증과 렌터카 서류를 달라고 하더니 기다리란다. 슬로모션처럼 천천히 자신의 차로 돌아갔다가 다시 왔다. 어서 범칙금 서류에 사인하고 가고 싶다는 마음뿐이었다. 근데 끝난 게 아니었다. 음주 테스트를 시작했다. 일부터 십까지 세라더니 다음엔 마약 검사를 하겠단다. 외국에서 범죄자로 몰린 기분이 들었다. 경찰이 주섬주섬 마약 키트를 꺼내서 면봉을 입속에 밀어 넣었다. 헛구역질이 났다. 과잉 검사라고 항의하고 싶었지만 참았다. 그랬다가 벌금이 인상될 수도 있으니…. 경찰은 면봉을 진단 시약에 넣고 결과를 기다렸다. 어색한 침묵…. 천천히 진행되는 경찰의 모든 행동은 왠지 현실이 아닌 것 같았다. 이윽고 내내 무표정하던 경찰이 갑자기 활짝 웃으며 음성 반응이 나왔다고 말했다.

'척 봐도 선량한 관광객인 사람을 붙잡고…'

30분은 족히 지체된 것 같다. 그래도 웃으며 인사를 하고 떠나려는데 경찰이 미소를 머금고 종이쪽지를 내밀었다. 과속 벌금이 3백 달러! 허거덕…. 그날 이후 조수석의 고작가는 눈알이 튀어나오도록 속도 표지판을 읽어댔다.

사막의 도시, 앨리스 스프링스에서 캠핑카를 반납하고 돌아오는 길에 택시를 탔는데 호주 기사 아저씨가 거품을 물었다. 며칠 전에 신호 위반을 했는데 벌금이 몇 백 달러였다고. 호주는 벌금에 미친 나라라며 나에게도 벌금을 내지 말고 튀라고 부추겼다. 그리고 다시 호주에 안 오면 상관없지 않냐고. 흠… 호주 자국민의 응원에 살짝 마음이 흔들리긴 했다. 하지만 그럴 순 없지. 호주를 출국하기 전날 브리즈번에서 이메일 고지서를 받자마자 벌금을 냈다. 다른 나라까지 가서 진상 짓을 하고 다닐 순 없으니. 그리고 언젠가 울루루나 캥거루를 보러 다시 올지도 모르니까. 다행히 호주에서의 범칙금은 더 이상 날아오지 않았다.

따로
또 같이

고작가

⋮
⋮

멜버른에서 한숨 돌리기로 했다. 브리즈번, 골드 코스트, 시드니 등 동부 해안 도시들을 거치고 블루 마운틴부터 내륙 산맥을 따라 3천 킬로미터가 넘는 긴 자동차 주행에 지칠 무렵이었다. 하지만 각자의 바람은 달랐다. 김피디는 계속 쭈그리고 운전을 하니까 찌뿌둥하다며 호주의 맑은 공기 속에 운동을 하고 싶단다. 나는 차에서 내려도 자동차 소음에 몸이 덜컹거리는 느낌이라 조용하고 한적하게 보내고 싶었다. 딸은 가고 싶은 데가 많았다. 멀리 신시가지까지 가서 미술관과 멜버른 '인싸' 포토존도 누비고 싶단다.

우린 그러기로 했다. 셋은 아침 9시경에 다정하게 숙소를 나섰다. 퀸 빅토리아 마켓에 가서 온갖 종류의 치즈에 감탄하며 신중히 고르고 먹음직스러운 애플망고도 샀다(호주의 애플망고는 말 그대로 사랑. 진짜 값도 싸고 싱싱하고 맛있다). 그러고는 느긋하게 시장 옆 식당에 앉아 브런치를 먹은 뒤에 헤어졌다. 먼저 김피디가 운동을 하러 떠나고 나는 딸과 시내에서 잠시 쇼핑을 하다 각자의 길로 갔다. 딸내미는 미술관을 향해 총총히 사라졌고, 나는 숙소 쪽으로 방향을 잡고 여유 있게 걸었다.

거리가 예뻤다. 호주에서의 산책은 유럽과 미국의 중간 어디쯤을 걷는 듯하다. 걷다가 서다가 벤치에 앉아 오가는 사람을 바라보다가… 고풍스러운 건물이 눈에 띄었다. 퀸 빅토리아 시립 도서관이었다. 무심히 들어가니 뜻밖의 천국이 기다리고 있었다. 폭신한 의자와 냉방, 무엇보다 개가식의 서가가 예술이다. 마음에 드는 책을 몇 권 뽑아 들고 편한 자리를 찾아 뒤적였다. 잘 읽히지 않는 영어책들과 노느라 시간이 훌쩍 갔다. 원래 가려 했던 숙소 인근의 멜버른

박물관에 도착하니 이번엔 박물관을 둘러싼 공원이 한적하고 아름답다. 박물관은 1층 로비만 어슬렁거리다 나와서 공원을 산책했다. 느릿느릿 내키는 대로 보내는 오후가 좋았다.

세 사람이 여행을 가면 세 가지 다른 생각들이 함께 움직인다. 굳이 모든 일정을 셋이 똑같이 맞추어야 할 필요가 있을까. 셋은 6시경에 다시 숙소에 모였다. 김피디는 브리즈번부터 타고 온 렌터카를 반납한 후에 캠핑카를 몰고 돌아왔다. 멜버른에서 쉬고 나면 도시의 여정이 끝나고 사막으로 본격적인 캠핑을 떠날 참이다. 멀리까지 갔던 딸은 다리가 아프다며 요령껏 전차를 타고 돌아왔다. 휴대폰 로밍도 안 하고 아날로그 여행을 다니는 나는 숙소 바로 뒤 블럭에 있는 박물관에서 오는 길을 살짝 헤맸다.

셋이 함께 저녁을 먹으러 나갔다. 멜버른 대학 인근에서 간단히 밥을 먹고 유명한 아이스크림 집에 줄을 섰다. 아이스크림이 기다린 시간만큼 맛있지는 않았다. 그래도 거리에 앉아서 먹는 기분이 좋았다. 인종도 옷차림도 각양각색의 사람들이 거리에 가득했고 호주의 여름 해가 그제야 기울고 있었다. 구름이 많았다. 뭉게뭉게 그려놓은 것 같은 폭신한 구름뭉치들이 석양과 뒤섞여 온갖 색깔로 하늘을 물들였다. 이윽고 낮고 낡은 건물이 촘촘히 늘어선 멜버른의 구시가지 위로 어둠이 내렸다. 셋은 나란히 여행의 중간에서 호흡을 가다듬었다.

〈아마존의 눈물〉 피디는
캠핑 전문가가 아니다

김피디
⋮

다큐멘터리를 만들기 위해 아마존, 남극과 북극 그리고 캄
차카 같은 곳을 들락날락하는 내게 사람들은 말한다.

"오지가 더 편하시겠어요."

무슨 개소리… 도시가 훨씬 편하다. 당연하지 않은가. 오지
는 완전 불편하다. 전기도, 온수도, 화장실도 없으니까. 촬
영 때문에 갈 뿐이다. 영하 40도에 얼음을 녹여 마시고 자
신의 배설물도 꽁꽁 싸 들고 기지로 돌아와야 하는 남극의
오두막, 문밖에서 곰들이 배고프다며 칭얼거리는 캄차카

의 통나무집, 뼈융이라는 모기가 온몸을 물어대는 아마존의 축축한 밀림에서 해먹에 몸을 구긴 채 한번 주무셔보시길, 그런 소리가 나오나.

그래서 개인적인 여행에서는 한 번도 캠핑을 한 적이 없다. 자발적으로 가는 여행에서까지 불편한 건 사절이다. 나도 사람인데 자유롭고 편하게 다니며 깔끔한 숙소에서 자는 게 좋다. 하지만 호주의 아웃백에서는 그게 불가능했다. 사막 한가운데 위치한 울루루에는 숙소라고는 에어록 리조트 하나뿐이고 1년 전부터 예약이 꽉 찬다. 숙소들이 있는 가장 가까운 도시, 앨리스 스프링스까지는 거의 5백 킬로미터 거리다. 방법은 캠핑카뿐이었다. 캠핑카도 모두 매진인 상황에서 폭풍 검색 끝에 다행히 멜버른에서 단 하나 남은 캠핑카를 구할 수 있었다. 브리즈번에서 멜버른까지 3천5백 킬로미터는 일반 렌터카로 가고 그다음부터는 캠핑카로 이동하는 스케줄을 완성했다. 멜버른에서 울루루까지의 거리는 약 2천5백 킬로미터였다.

일주일 동안 사막을 향해 차에서 먹고 자고 달린다는 것은 매력적이었다. 멜버른에서 처음 만난 아폴로 캠핑카는 하루 40만 원에 달하는 가격에 비해 매우 아담했다. 원래 20만 원 안팎에 구할 수 있다고 나와 있는데 매진으로 인해 실제는 두 배 가격에 예약이 가능했다. 웬만한 특급 호텔급이지만 그래도 울루루에 갈 수 있다는 것만으로 감지덕지였다. 다행히 차 안에는 가스레인지와 냉장고, 침구류는 물론 접시, 냄비 등이 실하게 들어 있었다. 슬슬 모험심이 불타올랐다. 사막으로의 대장정. 달려보자, 렛츠 고.

그런데 차가 출발하자마자 바로 "와장창" 하고 뒤쪽에서 그릇 깨지는 듯한 소리가 들렸다. 그릇과 컵이 모두 유리로 되어 있어서 주행 중에 작은 충격에도 이러저리 흔들흔들 너무 시끄러웠다. 왜 깨지기 쉽고 시끄러운 유리로 넣어놨는지 지금도 의문이다(또 하나 신기한 것은 그 유리 그릇들이 끝내 깨지지는 않았다는 것). 차 뒤쪽에 실어놓은 캐리어들도 바퀴를 저으며 제각기 굴러다녔다. 뒷자리의 딸이 그때마다 "꺅꺅" 소리를 지르며 발을 들고 몸을 들썩이며 난리다. 캠핑카는 전고가 높기 때문에 급회전을 하거나 바람이 세게 불 때면 옆으로 쓰러질 듯 휘청거렸다. 40도가 넘는 낮엔 에어컨도 무용지물이었다.

그래도 인간은 적응의 동물이었다. 하루 이틀 지나자 차 안의 소음도, 굴러다니는 캐리어도, 더운 날씨에도 익숙해지기 시작했다. 그 덥고 시끄러운 차 속에서 따님도 요령껏 숙면의 자세를 찾아갔다.

알고 보니 호주는 캠핑 천국이었다. 무료로 이용할 수 있는 캠핑장도 많고 수영장과 주방, 샤워 시설이 완벽한 특급 캠핑장도 많았다. 멜버른을 떠나 첫 번째로 도착한 그레이트 오션 로드의 캠핑장에서 눈이 휘둥그레졌다. 호주 캠퍼들의 화려한 장비 때문이었다. 그들은 거대한 텐트와 캐노피(그늘막)는 물론 큰 텔레비전과 소파, 조리 시설, 심지어 개집까지 가지고 왔다. 텐트 밖에 크리스마스트리가 서 있기도 하고 조명이며 인테리어로 잔뜩 치장하고는 누가 더 예쁘게 단장하나 경쟁하는 듯했다. 이럴 바에 집에 있지, 집

안 가구들을 왜 죄다 가져온 거지, 하는 생각이 들 정도였다. 우리 캠핑카를 뒤져보니 작은 그늘막과 의자 세 개가 나왔다. 그래, 이거라도…. 호주인들의 압도적인 장비 옆에서 소심하고 겸손하게 캐노피를 설치하기 시작했다. 하지만 그마저 예상보다 쉽지 않았다. 생각해보니 텐트나 캐노피를 직접 쳐본 적이 없다.

북극이나 아마존 등 오지에서 촬영을 할 때면 반드시 이를 전문적으로 도와주는 에이전트들과 일을 해야 한다. 그게 지켜야 할 현지법이고 생존과 직결된 문제이기도 하다. 에이전트는 촬영팀의 이동, 야영, 식사, 발전 등을 책임져준다. 에이전트가 함께 갈 수 없는 남극 등지에서는 조연출이 텐트를 친다. 피디는 그새 도착한 촬영지를 파악하기에도 바쁘다.

눈으로 본 것과 직접 몸으로 하는 건 하늘과 땅 차이였다. 구경만 할 때는 텐트나 캐노피가 '딱' 하면 '쫙' 지어지던데, 이놈의 캐노피가 영 말을 듣지 않는다. 고작가는 빨래

를, 딸은 저녁 밥 준비하러 이리저리 오가는 걸 보니 마음
이 급했다. 일단 캐노피를 뒤로 미루고 물과 전기를 캠핑카
에 연결했다. 별로 어렵지 않았다. 자존감이 어느 정도 회
복되었다. 다시 캐노피 조립에 도전했다. 다시 실패했다.
계속 땀 뻘뻘 흘리며 캐노피와 씨름하는 나를 보고 아까부
터 고작가 눈이 반달 모양이 돼서 실실 웃고 다녔다.

"머리에 플래시는 왜 달고 있어? 웃기려고 그러는 거야?"
"헤드랜턴이거든? 원래 오지에선 이런 거 끼는 거야. 작년
에 캄차카 숙소에 불곰 나타났을 때 비추니까 바로 도망갔
어."
"호주에는 곰이 없잖아. 캥거루 나올까봐 무서워서 그래?"
"휴… 야생에서 마누라랑 딸내미 지키려고 이러는 거 아
냐. 알잖아, 내가 맥가이버인 걸. 이건 캐노피가 불량이야."
"그렇겠지. 근데 〈아마존의 눈물〉 피디가 캐노피 하나 못
친다고 소문 날까봐 걱정이야."

지나갈 때마다 놀려대는 고작가 덕에 땀이 더 뻘뻘 났다.

안 되겠다. 벌써 해가 뉘엿뉘엿 지고 있었다. 어차피 이제 세상천지가 그늘인데 그늘막을 친다는 게 어불성설이지. 이쯤에서 포기하자. 마음이 편해졌다.

저녁을 먹고 산책에 나섰다. 정처 없이 캠핑장 밖으로 걸어나가자 아름다운 호주의 야생이 펼쳐졌다. 멀리 바닷소리, 바람 소리, 이름 모를 자연의 소리가 들려왔다. 야트막한 언덕과 잡목들 사이로 오솔길을 따라 들어가니 갑자기 시야가 탁 트였다. 해변엔 온통 주황빛 석양이 가득했다. 이곳을 그레이트 오션 로드라고 이름 붙인 이유를 알 것 같았다. 무심한 듯 펼쳐진 해변 어디에도 인공의 흔적은 보이지 않았다. 야생풀들과 모래와 바다…, 온 세상이 주홍빛이었다. 사위가 캄캄해질 때까지 해변을 걷고 바다를 바라봤다.

캥거루 고기도
못 먹는 남자

고작가

⋮

"캥거루 스테이크를 먹을까, 말까."

호주는 특별히 지역색이 드러나는 음식이 없다. 있다면 캥거루 햄버거나 스테이크 정도. 새로운 거니까 한번? 그래, 먹어보는 경험도 나쁘지 않겠지. 하지만 정작 고기를 좋아하는 김피디가 질색을 했다. 지나가는 캥거루도 잡아먹을 거 같은 덩치와 먹성의 소유자지만 사실은 비위가 몹시 약하다. 남극, 북극, 아마존을 누비고 다닌 경험이 무색하게 평소엔 몬도가네를 혐오하고 곤충도 싫어한다. 온갖 쓰레기와 음식물, 심지어 속옷까지 굴러다니는 보통의 편집실

과는 달리 김피디의 편집실은 깔끔하게 정돈되어 있다. 큰 덩치와 시꺼먼 피부는 타고난 것일 뿐이며 술에 떡이 되어 들어와 변기를 끌어안고 춤을 춰도 샤워는 꼭 하고 자는 성격이다.

나름 센 척하던 김피디의 실체를 본 건 사이판 여행이었다. 친구가 펜션처럼 대여하다가 팔려고 내놓은 낡은 빌라를 빌려줬다. 많이 허름하긴 했지만 이국적이라며 긍정적인 마음으로 짐을 풀었는데 부엌에서 뭔가 소리가 나는 듯했다. 가보면 별일 없는데 왠지 쎄~ 했다. 드디어 어둠이 내리고 저녁을 먹자며 부엌에 불을 켰다. 순간 싱크대 틈 사이로 족히 20센티미터는 되는 검은 실 같은 것이 삐죽 나와 있었다, 그것도 쌍으로 두 개가. 설마… 그건 아닐 거야. 상상도 짐작도 거부했던 그때.

"아…악…."

슬픈 예감은 틀린 적이 없다. 널 줄 알았다. 두 개의 더듬이를 따라 시꺼면 몸체를 내미는데 그 크기가 상상을 초월했다. 게다가 등에서 뭔가 천천히 움직이기 시작했다. 아… 날개다. 본능적으로 고개를 돌렸다. 한 마리가 아니었다. 헉… 신발짝만 한 바퀴벌레가 날아다니고 있었다(맹세코 신발짝만 했음).

"아…악… 어떡해, 잡아봐….."
"저렇게 큰 걸 너라면 잡겠냐? 저 정도면 새야."
김피디가 뒷걸음질 치며 외쳤다. 황당해서 웃음이 터졌다.
"벌레든 새든… 나는 몰라….."

바로 뛰었다. 잠시 체면이 있었는지 김피디가 멈칫하는 사이, 나는 방 안으로 뛰어 들어가자마자 본능적으로 문고리를 잠그고 주저앉았다. 간발의 차로 달려온 김피디가 본인도 웃긴지 자지러지며 소리쳤다.

"문은 왜 잠그는데? 바퀴벌레가 문 잠근다고 못 들어가? 내가 못 들어가잖아."

그날 밤. 바퀴벌레 좀 해결해달라는 간곡한 부탁을 김피디는 단호히 거부했다. 저녁을 어떻게 먹었는지는 기억나지 않지만 그날 밤 누구도 다시 부엌에 들어가지 못한 것은 확실하다. 물론 사이판에 있는 내내 김피디는 전혀 살생을 하지 않았으며, 아니 못 했으며, 어둠이 내리면 온 가족이 밤새 불을 켜고 한 침대에 모여서 잤다.

그런 김피디가 아마존에서는 원주민이 주는 원숭이 고기를 거절하지 못한다. 악어 고기도, 곤충의 알도 마찬가지. 시베리아에선 방금 잡은 순록의 배를 열고 국자로 퍼 올린 핏덩어리도 받아 마셨다. 귀한 음식을 나누어 주는 고마움에 대한 예의니까, 원주민의 삶도 존중받아야 할 다양한 삶의 방식이니까 당연히 받아먹어야지. 하지만 카메라 뒤에선 거의 실신 직전이다. 냉큼 받아먹고 뒤돌아 나와서 몰래 토하는 장면은 백 퍼센트 사실이다. 매번 그러면서 다시 오지에 가고 다시 온갖 걸 받아먹는 걸 보면 기억력이 나쁜 건가 의심이 들 정도. 아니면 직업의식일까. 아니, 그냥 성격이다. 지난 일을 오래 기억하지 않는 것, 일이 닥치면 그냥 하는 것.

먹어보지 뭐. 촬영지에선 미련 없이 받아먹기.
굳이 뭐 하러 먹어봐. 여행지에선 미련 없이 먹지 않기.
그리하여 호주에서 캥거루 고기는 물 건너갔다.

왈라비를
만난 아침

김피디

°
°
°

호주 여행에서 작정한 것이 있다. 이번엔 기필코 고작가에게 일출을 보여주고 말리라. 다큐 피디는 일출 촬영을 많이 한다. 다큐에서 시간의 경과를 보여주려면 일출과 일몰 장면이 필수. 피곤한 몸으로 해뜨기 전부터 일어나서 촬영을 하고 있노라면 가슴이 뛴다. '아… 오늘도 무사히 태양이 떴구나' 하는 안도와 동시에 '에효… 오늘도 긴 촬영이 시작되었구나' 하는 한숨이 교차한다. 그렇게 지난 십수 년간 촬영을 다니면서 적어도 1백 번 이상은 일출을 본 것 같다.

"사람이라면 살아가면서 적어도 열 번 정도는 일출을 보지 않나?"

"난 한 번도 본 적이 없는데?"

고작가가 한 번도 일출을 본 적이 없다는 말에 어처구니없었다. 지구에 살면 심해어나 동굴 속 벌레들 말고는 대부분 일출을 보게 되지 않나?

"새해 일출 여행 같은 걸 가서 다 같이 일출 보지 않나?"

"일단 새해 일출, 이런 거 보러 사람 많은 데 안 가. 그리고 여행을 가도 꼭 다 같이 몰려나가서 일출을 봐야 하나. 난 주체적으로 자. 아침에 푹 자야 그날 컨디션이 좋거든."

고작가의 대답이 너무 당당해서 더 이상 대화를 이어나갈 힘을 잃었다.

"나도 일출을 한 번도 본 적 없어."

그 엄마에 그 딸이다. 딸도 못 봤단다. 보통 학교 수학여행이나 엠티 같은 데 가면 새벽에 다 같이 일어나서 일출을 보지 않나?

어쨌든 호주 여행 계획을 짜면서 나는 고작가와 딸에게 첫 번째 일출을 선물해주고 싶었다. 문제는 이 여인들이 치명적인 저녁형 인간이라는 점이다. 마침 캠핑카로 여행 중이라 절호의 기회였다. 모녀가 자고 있는 사이에 통째로 싣고 가면 되잖아. 나는 아무래도 천재인 것 같다. 확인해보니 우리가 캠핑 중인 포트 페어리의 해돋이 시각이 새벽 5시 30분경. 뜻밖에도 포트 페어리 해변의 아름다운 일몰에 감탄한 고작가와 딸이 일출을 보겠다고 기염을 토했다. 가족의 역사적인 아침이 될 것이다.

이튿날 새벽 4시 반, 눈이 번쩍 떠졌다. 캠핑카라고 바로 출발할 수 있는 건 아니다. 전기 콘센트랑 수도 호스를 정리하고 테이블과 의자들도 실어야 한다. 서둘러 우당탕탕하는데 딸은 숙면 중이다. 대견했다. 잠귀 밝은 고작가가 눈도 못 뜨고 좀비처럼 걸어나왔다. 그래도 동작은 빨라서 함께 후다닥 정리하고 캠핑장 뒤에 있는 포트 페어리의 항구로 갔다. 해돋이 포인트는 항구 입구에 차를 세워놓고 항구 끝까지 1킬로미터 정도를 걸어가면 된다. 그 길은 관목과 키 큰 풀들이 바다와 어우러져 정말 요정의 땅처럼 환상적이었다.

"아…."

밝아오는 아침, 아름다운 항구의 풍경에 감탄사가 절로 나왔다. 아직 반쯤 감겨 있던 부엉이 모녀의 눈이 반짝 떠졌다. 입도 감탄사로 벌어졌다. 이미 사위는 오색으로 빛나며 환하다. 해돋이를 놓치지 않으려니 마음이 급했다. 한여름이지만 새벽의 바닷가는 꽤 쌀쌀했다. 이불을 둘둘 말아 뒤집어쓴 모녀가 총총총 내 뒤를 따랐다. 얼마쯤 풍경에 취해 걸었을까.

숲길 한복판에 왈라비가 서 있었다.
다른 세상으로 가는 길의 안내자처럼 왈라비는 태연히 우리를 바라보고 있었다. 앞발은 들고 입은 오물오물, 아침 식사 중일까. 우리에게 말이라도 거는 것처럼 보였다. 왈라비는 캥거루와 비슷하게 생겼지만 크기는 1미터 안쪽이라 좀 작다. 얼굴은 토끼처럼 귀엽다. 우리를 빤히 바라보고 오물거리다 인사하듯 들고 있던 앞발을 흔들며 깡충깡충 길을 앞서 사라졌다. 마치 따라오라는 것처럼. 이상한 나라의 앨리스가 된 기분이었다. 왈라비가 안내한 길을 따라 걷다 보니 그 끝에 바다 너머 태양이 떠오르기 시작했다.

"어때? 생애 처음 해돋이를 보는 게?"
"생각보다 멋진걸."

모녀의 얼굴이 빨갛게 물들었다. 산책로 벤치에 한참을 앉아 꿈인 듯, 동화 속인 듯 일출에 취했다. 다시 차로 돌아가는 길에도 왈라비를 만났다. 큰 왈라비, 작은 왈라비, 부부 왈라비, 아기 왈라비. 아… 여긴 왈라비네 동네였던 거다. 큰 왈라비가 고개를 숙인 채 상춧잎 같은 것을 따 먹고 있었다. 딸이 천천히 다가가니 도망치지 않고 서로의 눈을 한

참 동안 바라보며 마주 서 있다.

'호주 여행 오길 잘한 것 같아.'

딸내미가 왈라비에게 손을 내밀었다. 왈라비가 딸을 바라본다. 여행 최고의 투샷이었다. 그레이트 오션 로드는 두 가지 선물을 줬다.

아름다운 일출과 왈라비.

원초적 본능

(캠핑의 난제: 응가와 곤충 친구들의 격한 환영)

고작가
:
:

김피디가 물었다.

"성공했어?"

"사람들이 있어."

"화장실 칸막이가 시스루야?"

"그걸 말이라고 하냐."

"옆 칸 사람이 영어로 말 걸어?"

"노(No)."

"그럼 뭐가 문제야?"

"집중이 안 돼."

"괄약근과 집중이 뭔 상관이신지?"

"아무 데서나 쏨풍쏨풍 쾌변을 보시는 님은 닥치시죠."

"그러다 장에서 발효되겠어. 오늘은 천천히 끝장을 봐, 화이팅!"

김피디가 다시 내 몸을 돌려 세워 화장실로 보낸다. 나는 공동 화장실에서 큰일을 보는 게 너무 힘들다. 언제 어디서나 어떤 난관에서도 잘 먹고 잘 자고 일도 잘 보는 김피디가 부럽다. 여행지에서 나는 며칠에 한 번씩 그것도 말 그대로 죽을 똥을 싼다. 평소에도 집 밖에선 절대 큰일을 보지 못하는 '모지리'라 숱하게 밤을 샌 방송국에서도 큰일을 본 적이 거의 없다. 처음에 작가 돼서 못 먹는 술을 배운다고 애쓰다가 배탈났을 때? 혹은 장이 안 좋아 설사 대란에 시달리며 방송을 해야 했던 어느 날? 그렇게 한두 번 있을까 말까.

생애 첫 캠핑에 나선 호주 여행에선 피할 길이 없었다. 사막 한가운데에 사람이라곤 볼 수 없던 오팔 광산의 캠핑장에서 마침내 "도전!"을 외치며 앉았다. 캠핑장이 텅 비어 있어서 화장실이 을씨년스럽긴 했지만 방해받을 일이 없다는 장점이 있다. 하지만 예고도 없었던 방문객이 찾아왔다. 다리가 여러 개 달린 분이었다. 화장실 문 아래에 살며시 모습을 드러내더니 수많은 다리를 조신하게 놀리며 변기 쪽으로 스물스물. 손님의 리드미컬한 몸짓과 다리의 움직임이 전진할수록 나의 배출 욕구는 후퇴했다. 오늘도 글렀다. 차라리 사막을 달리다 캥거루 옆에서 응가를 하고 말지.

끝도 없는 사막의 지평선을 향해 달리다 보면 고속도로 변에서 먼 곳을 그윽이 바라보며 일을 치르는 사람을 가끔 본다. 신기한 것이 사막의 고속도로에는 휴게소가 거의 없다. 지나다니는 차가 별로 없어서 그런가. 화장실이 있는 건물은 5백 킬로미터에 하나씩 있을까 말까. 도로 변에는 백 킬로미터 정도에 하나씩 그늘막 같은 덮개 아래에 테이블과 의자가 놓여 있다. 흔한 자판기 한 대 없다. 당연히 화장실도 없다. 그래서인지 사막에서 볼일을 보는 사람들은

별로 부끄러워하지 않는 듯했다. 메마른 사막에 영양분을
주는 일이라고 생각하는 걸까. 그래서 일부러 화장실을 만
들어놓지 않은 걸까.

살려면 방법이 없었다. 며칠을 사막에서 지내다 보니 내가
익숙해지는 수밖에…. 캠핑장에 도착해서 화장실에 가면
각양각색의 곤충 친구 서른다섯 마리쯤이 입구에 자리 잡
고 푸드덕거리며 환영을 한다. 일단 인사를 해야지.

"안녕!"

수도꼭지를 틀려고 세면대에 얼굴을 들이미는데 갈색의
커다란 거미가 긴 발을 사방에 뻗고 째려본다. 무지막지하
게 크다. 무섭다.

"미안… 내가 딴 데로 갈게."

어느 날은 좁은 화장실 안에 앉고 나서야 깨달았다. 어깨

옆쪽 벽에 새까만 색상에 몸이 두 부분으로 나뉘고 더듬이도 있는 친구가 점잖게 자리 잡고 있었다. 급격히 우울해졌지만 '그래, 대자연의 친구로 살아야지' 하며 더듬이 친구와 함께 앉아 있었다. 때로는 옆에 붙어 있는 것만으로는 부족했는지 달려드는 나방 친구도 있었다. 그땐 들고 있던 타월을 머리에 뒤집어썼다. 차라리 안 봐야지. 여기가 원래 애네들 집이잖아. 다큐멘터리 〈곤충, 위대한 본능〉의 작가가 부끄러운 꼴 그만 보이자. 내가 곤충 다큐멘터리에 썼던 마지막 멘트가 뭐였더라…. 가물가물한 대본을 떠올리며 영혼을 멀리 탈출시켰다.

작지만 위대한 우리의 이웃, 곤충.

그들로 인해 지구는

생명의 풍요로움이 넘치고…

신비롭고 위대한 본능의 세계도 지속됩니다.

사막을
건너는 법

김피디 & 고작가

:

잘생기고 착한 남자

김　중기한테서 새해 인사 문자가 와 있었네.

고　중기?

김　송중기 말이야.

고　여보가 먼저 보냈겠지. 〈남극의 눈물〉 내레이션 해
　　줬다고 구질구질하게….

김　아냐. 먼저 온 거야. 이분이 다큐 마니아야. 생각도
　　깊고. 〈아마존의 눈물〉 같이 했던 우리 남길이는….

고　김남길 님이겠지.

김 아냐, 날 얼마나 좋아하는지 형이라고 불러. 남길…
님은 NGO 단체 만들어서 좋은 일도 많이 하잖아.

고 다큐 좋아하는 남자들이 역시 인성이 좋아. 그렇게
잘생겨서 착하기 어려운데. 그래서 난 남자 인물을
안 보잖아.

김 그럴 리가 없는데.

고 남자가 너무 잘생기면 부담스러워.

김 아… 여보가 부담이 많구나.

고 마음이 너~무 편해.

김 여기 그냥 내려라. 길 따라 쭉 오면 울루루니까 인연
이 되면 만나자.

고 어? 안 생겼는데 성질도 더럽네.

식탐 남편

김 비상이야. 배고프기 시작했어. 저녁 뭐 먹지?

고 도착해서 기사님 먹고 싶은 거 맘대로 드셔.

김 피시 앤 칩스 집이 유명하대.

고   그러지, 뭐.

김   호주는 스테이크가 무난하긴 한데.

고   그래도 되고.

김   참, 베트남 쌀국수 집도 있다는데.

고   시원하게 베트남식 달달한 주스 마시고 싶네.

김   됐다, 그럼. 피시 앤 칩스와 스테이크와 쌀국수에 주
      스로 마무리하자.

고   죽고 싶냐.

김   그럼 스테이크와 주스, 마무리로 쌀국수.

고   정신 차리시지.

김   그럼 피시 앤 칩스와 주스, 간 김에 쌀국수?

고   걍 밤새 먹으러 다니셔. 나 빼고 왈라비랑 손잡고.

김   왈라비 한 마리 소개해주든가. 잘 먹는 놈으로다가.

한여름을 골라
하필, 사막으로

고작가

:
:

가도 가도 같은 풍경이었다. 사방이 지평선인 네모난 세계를 달리는 듯했다. 호주 대륙의 중심부는 사람이 살기 힘든 사막 지역이다. 작은 관목들과 다육식물들이 듬성듬성 자라는 메마른 땅이 며칠째 이어진다. 이곳에도 캥거루와 딩고들이 살고, 호주 개척 시대에 인간들이 인도에서 데려왔다 버린 낙타들도 있다는데…. 달리는 차 옆으로 캥거루가 뛰어다닐 줄 알았던 호주의 낭만은 그저 환상이었다. 알고 보니 한여름의 사막은 숨쉬기조차 힘들게 더워서 동물들도 낮에는 태양을 피해 숨죽인다고 했다.

새벽부터 해 질 무렵까지 사막을 달려서 도착한 쿠퍼 페디의 캠핑장에는 거짓말처럼 아무도 없었다. 어라? 여긴 빈 운동장인가. 다시 캠핑장을 돌았지만 마찬가지였다. 마치 할리우드 서부영화에서 총알이 난사되기 전에 모래 바람이 날리는 텅 빈 마을 광장 같았다. 정말 어젯밤에 총기사건이라도 있었던 것일까. 작렬하는 태양 밑에서 스산한 예감이 엄습했다. 다시 관리사무소로 갔다.

"왜 이렇게 아무도 없나요? 무슨 일이 있었나요?"
"지금은 시즌이 아니니까요. 시즌엔 7백 명이 왔다 갔다 하고 자리도 없어요."
"시즌은 언제인데요?"
"3월부터 10월, 늦어도 11월 정도죠. 지금은 너무 더워서 사막에 자동차 타고 아무도 안 와요."
"그럼 울루루는 어떻게 가요?"
"이 시기에 차는 힘들죠. 간다 해도 울루루 인근에 있는 에어즈 록 비행장에서 가든가. 캠핑하기엔 너무 덥잖아요."

우리만 정신 나간 '아무'였구나. 왜 그 생각을 못했을까. 뜨거운 사막에 하필 제일 뜨거운 한여름을 골라서 오다니…. 그날이 사막에 들어선 지 사흘째였던가. 울루루까지는 아직도 8백 킬로미터가 남았다. 사무소 청년의 말처럼 이후부터 울루루까지 쭉 사람 구경하기 어려운 폭염 속의 대장정이 이어졌다. 에어컨을 틀어놔도 땀이 나는 차 안에서 "우리가 왜 이 고생을 시작했을까. 돌덩어리 하나 보자고"를 시작으로 "우리 참 대책 없다"부터 "그래도 우리 참 대단하다"를 오가며 낄낄대다 한숨 쉬다… 마침내 울루루에 도착해서 알았다. 그래도 목표가 있을 때는 웃을 수 있었다는 걸.

울루루 지역에 입성해서 캠핑장에 들어서자 그래도 가뭄에 콩 나듯 사람들의 흔적이 보였다. 하지만 기쁨은 잠시. 캠핑카의 문을 열고 내리는 순간 호흡이 곤란해지는 더위가 덮쳤다. 시동을 끄자 에어컨도 덩달아 꺼져버려 차 안도 찜통이 됐다. 여태껏 지나온 캠핑장들은 장난이었다. 울루루에만 도착하면 신비한 기운에 휩싸여 살 만할 거라고 착각했던 건가. 아마도 너무 유명한 곳이니까 더위를 피할 뭔가가 있을 거라 기대했던 거 같다. 결론부터 말하면 전혀 아니었다. 그냥 푹푹 삶기는 기분이었다. 결국 다시 캠핑카를 끌고 나와서 시원한 곳을 찾기로 했다. 지구의 중심에서 캠핑을 하겠다던 낭만과 패기는 초라해질 대로 초라해졌다.

작고 나지막한 호텔이 보였다. 캠핑카를 탈출해서 시원한 호텔 라운지에 앉아 차가운 주스를 마시니 살 거 같았다. 역시 인간이라는 게 약한 동물이다. 태양 아래 내놓으면 헉헉, 조금 시원하니 금세 희희낙락…. 그러거나 말거나 여유롭게 즐기는 호텔의 숙박객들이 부러웠다. 김피디가 이곳은 예약조차 뜨지 않았다고 했다. 1년 전에 마감된다는 말도 있단다. 정말인가. 도대체 이 자들은 언제 예약을 한 것인가. 숙소가 희소성이 있으니 숙박비도 비쌌겠지. 서울 구경 온 시골 쥐가 된 기분이었다. 실제 울루루 부근은 캠핑장조차 하루 단위로 예약이 되지 않는 곳이 많다. 올 테면 오고 말 테면 말라고 배짱을 부리며 적어도 이틀 이상은 머무르라는 이야기. 이로써 추론할 수 있는 것.

- 울루루를 여행하는 인간들은 석 달도 훨씬 전부터 휴가 계획을 잡는다.
- 동시에 휴가지에서 오래 머물 수 있는 여유를 가진 인간들이다.
- 결론은 ⇒ 무조건 부럽다.

밤에도 캠핑카 안이고 밖이고 더워서 잠을 잘 수가 없다. 승용차를 타고 와서 텐트를 치던 젊은 중국인 커플은 텐트를 포기하고 차에 시동과 에어컨을 켜놓고 잠 대신 도란도란 사랑을 속삭이고 있었다. 우리는 좁은 캠핑카 안에서 더위에 몸부림치며 울루루의 잠 못 드는 밤을 보냈다.

이른 새벽에 어둠을 뚫고 달려간 울루루의 일출은 감동적이었다. 사막의 폭염과 먼 길 달려온 고생을 싹 다 잊을 만큼. 어디선가 일출을 보려고 갑자기 나타난 사람들이 다 사라지고 난 뒤에도 발길을 떼기가 힘들었다. 그저 계속 바라보고 싶은 마성의 붉은 돌덩어리. 별다른 할 일도, 맛집도, 화려한 건물도 없지만 그곳을 떠나기가 싫었다. 무심한 듯 떡하니 놓인 그 커다란 돌덩어리를 오래도록 바라보고만 싶었다.

내 삶에서 커다란 돌덩어리를 바라보며 머물 수 있는 여유는 과연 며칠이나 될까. 그 여유를 위해 우린 무엇을 지불해야 할까.

'여유 있다'는 말에는 여러 의미가 있다. 하지만 가고 싶을 때 떠나고, 머물고 싶을 때 머물 수 있는 여유, 딱 그만큼의 여유는 있었으면 한다. 그래서 돈 같은 건 필요 없다고 허세 부리지 않는다. 작가는 가난해야 한다, 그래야 작가 정신이 살아 있다는 말도 멋은 있지만 공허하게 들린다. 작가도 일한 만큼 정당하게 대가를 받고, 누리고 싶을 때 누릴 수 있도록 저축하는 생활인이다. 남보다 부자일 필요는 없지만 남에게 아쉬운 소리 안 하고 독립적으로 살 만큼의 경제력은 필요하다. 그 여유를 위해서, 포기할 건 포기하며 열심히 일했다.

언젠가 그저 돌덩어리 하나 보자고 울루루에 다시 갈 수
있을까. 울루루가 아니라도 어딘가 훌쩍 떠나서 충분히 머
무르다 돌아올 여유가 은퇴 후에도 내 삶에 들어올 수 있
을까. 일이 너무 좋아 죽겠어서 일하는 사람도 있을 것이
다. 성공과 명예를 양손에 거머쥐고 싶어 더 많이, 더 높은
곳을 향해 끝없이 달리는 사람들도 있다. 나는 아닌 것 같
다. 필요 이상 욕심내지 않고 내가 감당할 수 있는 만큼만
일하는 게 좋다. 그리고 언제라도 떠날 수 있는 그날, 그만
큼의 여유를 위해 일한다.

그리고 오늘, 울루루가 좋았다.
그럼 됐다.

거대한 바위
앞에서

김피디
:
:

호주 대륙의 원주민은 '애보리진'이다. 검은 피부에 낮은 코, 발달된 턱을 가진 이들이야말로 드넓은 호주 대륙의 주인들이었다. 하지만 18세기 말 영국에서 온 백인 이주민들에 의해 잔인하게 학살당하거나 질병에 전염되면서 수십만 명에 이르던 인구의 90퍼센트가 사라졌다. 백인들은 애보리진을 사람과 비슷한 유인원이라 칭하며 그들의 생활 터전을 빼앗았고, 이들은 점차 메마른 대륙 중앙의 사막으로 내몰렸다.

호주 여행을 하면서 풍요로운 해안가 도시를 다닐 땐 한 번도 애보리진을 만난 적이 없다. 하지만 사막으로 들어간 첫날 쿠퍼 페디라는 작은 마을의 주유소에서 한 애보리진을 만났다. 소년티를 벗지 못한 그 친구는 알아듣기 어렵게 주절거리며 돈을 달라고 했다. 술에 취했거나 무언가에 취한 듯 흐릿한 눈빛과 발음으로 차 주변을 맴돌았다.

뜨거운 사막을 며칠 동안 운전하던 어느 날 낡은 파란색 차 한 대가 갓길에 퍼져 있는 것을 발견했다. 호주 사막을 달리다 보면 곳곳엔 버려진 차들을 만난다. 사고가 나거나 고장이 나도 견인할 엄두가 나지 않아 차를 버리고 사람만 구조되는 경우가 있기 때문이다. 그렇게 버려진 차려니 지나가는데 갑자기 안에서 사람 한 명이 뛰쳐나와 손을 흔들었다. 마을과는 몇 백 킬로미터의 떨어진 거리, 기온은 40도를 웃돌고 여름이라 오가는 차량도 거의 없다. 급브레이크를 밟고 차를 세웠다. 애보리진 한 명이 다가왔다.

"목이 말라요."

일단 내려서 캠핑카 뒤의 냉장고에서 시원한 물을 꺼내려고 했다.

"괜찮아요, 돈을 주세요."

"물이 필요하지 않나요?"

"괜찮아요, 돈을 주세요."

"차가 고장 난 것 같은데 경찰에 신고할까요?"

"괜찮아요, 돈을 주세요."

아… 목숨 걸고 구걸을…. 이 뜨거운 사막에서 차를 기다리며 견디는 것보다 다른 일을 하는 것이 쉬워 보이는데…. 난감해하는 사이에 돈을 달라며 목소리를 높이고 내 몸을 잡으려고 했다. 이건 아니다 싶어 급하게 차를 출발시켰다. 백미러로 점점 작아지는 그의 모습을 보면서 마음이 착잡했다. 울루루는 사실 애보리진의 성지다. 그들 언어로 '그늘이 지는 장소'를 뜻하는, 모든 영혼을 위한 궁극의 장소였다. 이 땅을 평화롭게 누볐던 애보리진의 지혜와 생명력을 사막과 울루루만은 기억하고 있겠지.

드디어 울루루에 도착했다. 해 질 녘이었다. 사람이 거의 없었다. 낯설고 조용한 공간에 압도적인 울루루가 눈앞을 막아섰다. 해가 지면서 울루루가 다양한 색으로 변화하기 시작했다. 분홍색, 붉은색, 보라색. 한눈에 들어오지도 않는 거대한 바위를 보고 있으니 경외감이 들었다. 애보리진이 왜 이곳 울루루를 신성한 성지로 삼았는지 이유를 알 것 같았다. 수만 년 동안 태어나고 사라졌던 지구의 무수한 생명의 정기가 이곳에 모여 있는 듯했다.

울루루 최고의 순간은 일출이었다. 울루루의 생경하고 압도적인 매력이 부엉이 모녀를 새벽부터 군말 없이 깨웠다. 울루루는 바위 전체를 도는 데 하루가 꼬박 걸릴 정도로 거대하다. 바로 인근에 있는 캠핑장에서부터 입구까지 가는 데도 한 시간이 걸린다. 새벽 4시경에 출발해서 울루루 뷰포인트에 이르자 인적 없던 그곳에 차들이 한두 대씩 나타나기 시작했다. 어디선가 관광버스도 두 대 도착했다. 거의 1백여 명에 이르는 전 세계인이 모였다. 희뿌연 여명 속에 모두가 숨죽이고 기다린 지 얼마 후… 울루루 맞은편에

서 천천히 해가 떠오르기 시작했다. 그리고 울루루가 검게, 붉게, 색깔을 바꾸며 점차 밝게 빛나기 시작했다.

바위 하나가 전하는 담백한 아름다움.

사람들이 하나둘 떠나고 주변이 텅 빌 때까지 울루루를 바라보며 머물렀다. 절대 고요가 흘렀다. 사막의 뜨거운 태양 아래 더 이상 버틸 수 없을 무렵… 이제 되돌아갈 시간임을 깨달았다. 무언가를 손에 쥐고자 이곳을 찾은 것은 아니다. 어느 날 문득 울루루가 보고 싶었다. 바쁜 시간을 비집고 6천 킬로미터를 달려서 울루루를 본다고 내 인생에 뭐 달라질 것이 있을까마는 봤으니 좋았다.

여행의 끝이었다. 미련 없이 울루루를 뒤로 하고 캠핑카의 시동을 걸었다.
다음엔 어디로 떠날까.

한

발자국

밖에서

본 세상

4

전염병을 겪으며

:

우리가 아는 일상이 다가 아니었다. 갑자기 어떤 위기가 닥칠지
모른다.
(어느 날 외계인이 침공하거나 기계들이 반란을 일으킬지도 모르겠다.)

좋은 옷, 비싼 가방도 나갈 데가 없으니 아무 필요가 없다.
(그래도 인터넷으로 쇼핑하고 명품 숍에 줄 서 있는 것이 인간이다.)

선진국이라 믿었던 나라의 사람들이 보이는 것만큼 지적 수준이
높은 것은 아니었다.
(조상들의 문화유산 덕을 많이 보는 금수저들이었다.)

세계에는 인종차별을 하는 무식한 인간들이 생각보다 많다.
(바닥까지 내려가보면 인간의 바닥이 보인다.)

종교는 개인에게 도움이 될지 몰라도 사회에는 도움이 안 될 때가
있다.
(세상을 구한다면서 세상 이기적인 종교들이 있다.)

알게 된 것들

:

이 와중에도 마스크 안 쓰고 놀러 가서 SNS에 자랑질하는 사람도
있다.
(아무리 위급해도 지지리 말 안 듣고 자신이 뭘 잘못했는지 모르는 사람
들은 꼭 있다.)

결국, 인간은 재앙 앞에서 참 약한 존재다.
(인간은 늘 그 사실을 잊어버린다.)

인간이 멈추니
인도에선 맑은 하늘 너머 히말라야 산맥이 모습을 드러내고
베네치아의 물이 에메랄드 빛을 되찾았으며
요세미티 국립공원엔 곰과 보브캣과 코요테가 북적였다.
(팬데믹이 지나가도 1년에 얼마쯤은 인간들이 잠시 멈추는 날을 만드는
것도 좋겠다.)

어쨌든,
퍼스트 펭귄

김피디
:
:

'퍼스트 펭귄'이라는 말이 있다. 이는 불확실하고 위험한 상황에서 먼저 행동하는 사람을 일컫는다. 한마디로 용감한 선구자라는 뜻이다. 남극에서 촬영하면서 퍼스트 펭귄을 직접 목격하는 행운을 누렸다. 아델리펭귄을 촬영할 때다. 남극대륙 서쪽에 위치한 아르헨티나 기지 인근에는 남극에서 가장 큰 규모의 아델리펭귄 서식지가 존재한다. 펭귄들의 육아는 공평하다. 엄마, 아빠가 번갈아서 알을 품는다. 쫄쫄 굶으며 알을 품고 있던 한쪽이 배우자가 돌아오면 알을 넘기고 바다로 뛰어나간다. 너무 배고프니까.

문제는 바닷가에 서 있는 수백 마리의 아델리펭귄들이 서로 눈치만 보며 바다에 선뜻 뛰어들지 못한다는 것이다. 바닷속에는 표범, 해표와 같은 천적들이 입을 벌리고 기다리고 있기 때문이다. 먼저 뛰어들면 먼저 잡아먹힐 확률이 커진다. 그래도 곧 뛰어들겠지 하는 생각에 카메라를 돌렸지만 10분, 20분, 30분이 지나도 아무도 바다에 뛰어들질 않았다. 곰 다큐를 기획할 때 제작에 자원하라고 호소해도 서로 눈치만 살피던 후배 피디들과 매우 흡사했다.

어느 순간 망부석 같았던 녀석들 중 한 마리가 용감하게 바다에 뛰어들었다. 장관이 펼쳐졌다. 수백 마리의 펭귄들이 그 녀석을 따라 한꺼번에 바다에 뛰어들기 시작했다. 아, 이래서 위대한 퍼스트 펭귄이구나 하는 생각이 들었다. 가장 먼저 몸을 움직이는 선구자가 조직의 운명을 결정하는 법. 남극에 오래 머물며 촬영하면서 많은 퍼스트 펭귄을 만났다. 그런데 모든 퍼스트 펭귄이 자발적 의지를 가지고 뛰어드는 게 아니라는 걸 알게 되었다.

한 번은 한 시간 가까이 바다에 뛰어들까 말까 고민하던 아델리펭귄 무리를 촬영하고 있었는데 뒤에 있던 녀석이 참기 힘들었는지 맨 앞에 있던 놈을 밀었다. 풍덩 소리가 나자 눈치를 보던 수백 마리가 연달아 바다에 뛰어들기 시작했다. 사실, 이런 일이 비일비재했다.

의지를 가지고 리더가 되는 사람도 있지만 등 떠밀려서 되는 사람도 있다. 그랬다 말아먹는 인간도 있지만 위대한 지도자로 거듭나는 사람도 있다. 세상일이라는 게 모두 의지와 계획으로 되는 것은 아니다. 우연도 있고 사고도 있다. 동물의 세계나 사람의 세상이나 알고 보면 비슷하다.

가난한 연인들을 위한
뇌피셜

고작가

:
:

남자는 하루 종일 서서 일을 한다. 일이 끝나고 여자를 만날 즈음엔 늘 종아리와 발이 부어 있다. 그래도 여자와 만나면 행복해하며 또 걷는다. 가난한 연인에게는 커피 한 잔 가격으로 시급에 육박하는 돈을 내는 카페보다 편의점의 커피와 공원의 벤치가 좋았다. 그렇게 걷다가 늦은 밤에도 남자는 기어이 여자를 집에 데려다주었다. 그리고 여자의 집으로 가는 버스에서 자리가 나면 항상 여자를 앉혔다. 여자는 남자를 앉히고 싶었지만 남자는 한사코 싫다 했다. 운이 좋은 날에는 옆자리가 나서 함께 앉았다. 남자는 여자의 어깨에 기대어 금세 잠이 들었다. 노동에 지친 남자의 다리가 쉬는 그 시간이 여자에겐 참 소중하고 행복했다.

경로석이 아니어도 노인이 앞에 와서 서면 여자는 마음이 불편해졌다. 당연한 듯이 양보를 기다리는 시선을 견디기가 힘들다. 여자는 남자에게 기대어 자는 척을 했다. 혼자 있었다면 양보를 했겠지만, 지금은 겨우 잠든 남자친구가 일어서게 하고 싶지 않다. 하지만 주변의 시선이 곱지 않다. 만약에 누군가 노인과 커플의 사진을 인터넷에 올리고 비난하면 어떤 일이 벌어질까.

여자는 나쁜 사람일까.

세상에는 한 가지 잣대, 한 가지 이유만 있지 않다. 사람이 하는 행동은 복잡한 경로를 거쳐 천 가지 생각과 만 가지 감정의 잔재들을 밟고 나온다. 장발장의 도둑질을 인류가 '레미제라블(불쌍한 것)'이라 칭하며 안타까워하는 것처럼 누구든 그 인생을 들여다보면 사연 없는 경우가 드물다. 이유 불문의 사이코패스나 소시오패스가 아니라면.

'가치판단 중지'라는 말을 좋아한다. 세상 모든 일 혹은 사람을 '옳다', '틀리다'라는 가치를 개입시키지 않고 있는 그대로 보는 것이다. 포털의 각종 기사마다, 개개인의 SNS마다 한 장의 사진, 사건 혹은 한 사람의 일방적인 공격만 가지고도 확신에 찬 비난이 시작된다. 버스 안의 여자도 피해 갈 수는 없을 것이다. 앉고 싶어 강렬한 눈길을 보내는 주름진 노인과 자는 척하는 젊은 여자의 얼굴을 극적으로 대비한 사진이라도 올라오면 그 이미지만 보고 수많은 악플이 달릴 것이다.

하지만 여자는 정말 그만큼의 욕을 먹어야 할 만큼 나쁜 사람일까.

크레이지
호스를 위하여

김피디
:
:

뉴욕부터 LA까지 혼자 미국을 횡단했었다. 그리고 깨달은
게 있었다. 드넓은 대륙 깊숙이 들어갈수록 그곳은 우리가
아는 백인의 나라가 아니라 인디언의 나라였다. 낯선 지명
이나 도로 이름을 찾아보면 인디언 언어였고 모뉴먼트 밸
리, 그레이트 스모키, 산타페, 블랙 힐스 등 미국 곳곳에 인
디언들의 발자취가 기록되어 있었다. 알고 보면 '인디언'이
라는 이름 자체도 잘못되었다. 콜럼버스가 1492년 신세계,
즉 아메리카 대륙을 '발견'했을 때 인도로 착각해서 아메
리칸 원주민들을 인디언이라 부른 거니까. 사실 그들이야
말로 네이티브 아메리칸이었다.

1620년 11월, 종교의 자유를 찾아 메이플라워호를 타고 신대륙에 도착한 영국 청교도들은 겨울을 버티지 못하고 추위와 굶주림으로 절반이 사망했다. 절망적인 상황에 처한 이들의 정착을 도운 이들이 바로 아메리칸 원주민들이었다. 청교도들이 가져온 밀은 매사추세츠 기후에 맞지 않았다. 원주민들은 옥수수 농사를 가르쳐주며 한 해 농사를 함께 지었다. 미국의 추수감사절의 유래는 이처럼 정착을 도와준 원주민을 접대하고 신에게 감사하는 축제에서 비롯되었다.

하지만 미국 백인들은 영국과의 독립전쟁에서 승리하자마자 본격적으로 인디언의 땅을 빼앗으며 그들을 쫓아내기 시작했다. 흑인 노예를 해방시킨 위대한 에이브러햄 링컨 대통령 역시 원주민들을 말살했다. 대지, 강, 하늘과 같은 자연에 소유권이 있으리라고는 상상도 못 한 원주민들은 뭔지도 모르는 계약서에 강제로 서명하면서 삶의 터전을 잃어갔다.

1830년 '인디언 추방법'이 제정되면서 미국 중부를 가로지르는 미시시피강 동쪽에 살던 원주민들은 대륙 중앙으로 강제 이주되었다. 스모키 마운틴에 살던 4만 5천 명의 체로키족 원주민들은 가재도구도 챙기지 못한 채 보급품조차 없이 얇은 옷에 맨발로 추운 겨울날 오클라호마까지 수백 킬로미터 유배의 길을 떠났다. 눈물의 행렬이라 불리는 이 길에서 4천 명의 원주민이 추위와 굶주림으로 목숨을 잃었다.

백인들은 점차 미시시피강 서쪽도 욕심을 내기 시작했다. '수우족'의 땅이었던 블랙 힐스 일대에서 금이 발견되자 수우족의 권리가 명시된 계약서를 찢어버리고 블랙 힐스로 몰려들어서 또다시 원주민들을 내쫓았다. 블랙 힐스는 수우족에게 자연의 위대한 정령이 깃든 성지였다. 이때 등장한 인물이 인디언의 전설적인 추장, 크레이지 호스(성난 말)다. 그는 부족 단위로 쪼개진 아메리칸 원주민들을 최초로 연합해서 1876년 6월, 미국 남북전쟁의 영웅, 커스터 중령이 이끄는 제7기병대와 리틀 빅혼에서 맞섰다.

결과는 모두의 예상을 뒤엎었다. 제7기병대는 궤멸했고 커스터 중령은 목숨을 잃었다. 미개한 종족으로 생각했던 인디언들에게 전쟁 영웅이 이끄는 군대가 참패한 사실은 당시 미국인들에게 엄청난 충격을 안겼다. 그리고 리틀 빅혼의 대승은 오히려 처참한 비극의 서막이 됐다. 미국 정부의 대대적인 보복이 시작됐고 1890년 운디드니 대학살을 끝으로 아메리칸 원주민들의 저항은 더 이상 불가능해졌다.

자존심이 상했던 것일까? 미국인들은 1927년부터 15년간의 작업을 거쳐 러시모어산에 미국 대통령 네 명(조지 워싱턴, 토머스 제퍼슨, 시어도어 루스벨트, 에이브러햄 링컨)의 거대한 얼굴을 조각한 성지를 만들었다. 러시모어는 블랙 힐스 안에 위치한다. 이를 지켜본 수우족의 추장, 스탠딩 베어는 러시모어 조각에 참여했던 코자크 지올코브스키에게 부탁했다.

"나와 동료들은 인디언들에게도 자유와 생존을 위해 투쟁했던 위대한 지도자가 있다는 것을 알리고 싶소."

운명인지, 아이러니인지 크레이지 호스가 죽은 날과 지올
코브스키가 태어난 날이 같았다. 지올코브스키는 1948년,
러시모어 대통령 석상에서 20여 킬로미터 떨어진 곳(역시
블랙 힐스 안)에 크레이지 호스 조각을 시작한다. 이 조각은
화강암을 깎아서 말을 타고 있는 모습을 형상화하고 있는
데 높이가 170미터를 넘고 길이는 200미터에 이른다. 러
시모어에 있는 대통령의 조각상들이 각각 18미터인 것에
비하면 엄청난 크기다. 이제는 모든 힘을 잃어버린 수우족
후예들의 마지막 자존심이 느껴진다.

지올코브스키는 죽을 때까지 30여 년간 이 작업에 매달렸
고 사후에 부인과 자식, 손자들이 이어가면서 지금까지 약
70여 년간 작업이 지속되고 있다. 이 사업은 정부의 재정
도움을 거절한 채 개인과 민간단체들의 기부금만으로 진
행되고 있으며 현재 27미터 크기의 얼굴까지 완성된 상태
다. 그들의 영웅 크레이지 호스의 완전한 모습은 1백 년 후
쯤 위용을 드러낼 예정이다.

학창 시절 교과서에서 거대한 미국 대통령들의 조각상을 봤을 때가 기억난다. 미국의 위대함이 감동으로 밀려왔다. 하지만 어른이 되어 미국을 여행하며 알게 된 크레이지 호스의 이야기는 전혀 다른 생각을 하게 해준다. 역사도 어느 시각에서 보느냐에 따라 완전히 다른 이야기가 된다. 내 생전에 블랙 힐스에 서 있는 크레이지 호스의 모습을 볼 수는 없을 것이다. 하지만 그가 미국 대통령들의 얼굴과 함께 당당히 서는 날을 기대한다.

바람 속에서 당신의 목소리가 있고
당신의 숨결이 세상 만물에게 생명을 줍니다.

나로 하여금 아름다움 안에서 걷게 하시고
내 두 눈이 오래도록 석양을 바라볼 수 있게 하소서.

당신이 내 부족 사람들에게 가르쳐준 것들을
나 또한 알게 하시고
당신이 모든 나뭇잎, 모든 돌 틈에 감춰둔 교훈들을

나 또한 배우게 하소서.

내 형제들보다 더 위대해지기 위해서가 아니라

가장 큰 적인 나 자신과 싸울 수 있도록

내게 힘을 주소서.

그래서 저 노을이 지듯이 내 목숨이 사라질 때

내 혼이 부끄러움 없이

당신에게 갈 수 있게 하소서.

- 수우족의 기도문 중(中)

중독보다
고독

고작가
∶

술, 담배, 커피도 안 마신다. 스타나 유명인 덕질을 열심히 해본 적도 없고 무언가 수집하는 취미도 없다. 동창회에는 나가지 않고 대학 때부터 지금까지 동아리에 가입한 적도 없다. 그러고 보니 사랑에 빠져 이 남자 아니면 죽어버리겠다고 목숨을 걸어본 적도 없네. 일부러 애써 절제하는 건 아니다. 언제였을까, 가슴 안이 휘몰아치며 들끓던 시절은 분명히 있었다. 하지만 그 소용돌이가 너무 싫었고, 지긋지긋한 감정의 복잡함을 빠져나오며 그냥… 뭔가에 집착하는 것이 부질없이 느껴졌다.

사실, 어디에도 마음을 잘 붙이지 못하는 걸 자랑할 이유는 없다. 외롭게 사는 지름길이니까.

어릴 적에는 위대한 예술가들의 전기를 읽으며 드라마틱한 삶에 매료되기도 했다. 솔직히 그들의 사생활은 도덕의 잣대로 보면 쓰레기에 가깝다. 인간은 스스로 파괴할 권리가 있다며 술, 섹스, 마약에서 헤어나지 못하고 자살에 이르기도 한다. 그렇다고 그들의 걸작들이 폄하되지는 않는다. 나도 천재가 아닐까 부질없는 착각에 들떠 그렇게 자신의 인생을 내던지는 열정적인 삶을 동경했다. 짧고 굵게, 극단까지 내지르다 불꽃처럼 사라지고 싶었다. 하지만 그들처럼 나는 천재가 아니라는 걸 깨닫는 데 오랜 시간이 걸리지 않았다. 오히려 평범한 인간이 어딘가에 미련을 두고 집착하는 건 결국 자신의 모자람에 대한 보상욕구라는 생각이 들었다.

중독은 편하다. 의지할 데가 있으니까.
외로움을 덜 수 있으니까.

사소한 것들, 하지만 일상에서 의식하지 못하게 옭아매는 중독이 많다. 매일 비싼 프랜차이즈 커피를 손에 들고 다니는 습관부터, 맛난 걸 찾아 넘치게 먹는 음식들, 몸이 상해도 끊지 못하는 담배, 술…. 혼자인 걸 못 견디고 누군가 옆에 있어야 하고, 없으면 전화라도 하고, 쉼 없이 잡는 약속들…. 간다는 인간 붙잡고 정신이 상할 때까지 이 죽일 놈의 사랑이라며 허우적거리는 것도…. 무심코 시작했어도 어느 순간에 통제가 안 될 때는 이미 기호가 아니라 중독이다. 스스로 선택한 것이 아니라 매여서 벗어나지 못하는 굴레를 뒤집어쓴 것이다.

다른 이의 삶을 참견하고 좌지우지하고 더 나아가 힘을 갖고 싶어 하는 것, 권력을 탐하는 것도 중독이다. 작은 권력에 중독되면 더 큰 권력을 원한다. 모두를 행복하게 하겠다는 순수한 열의로 시작했어도 권력에 맛 들인 인간은, 혹은 권력을 추종하는 인간은 참으로 쉽게 합리적인 이성을 잃고 자신을 따르는 자에게만 귀를 연다. 이미 역사에 많은 교훈이 있다. 종교, 이념에 미쳐 인간성이 훼손되었던 순간들, 민족주의나 애국심이 선을 넘어 나치즘이 되고 파시즘이 되었던 광기들.

유발 하라리의 《사피엔스》에 가슴에 남은 구절이 있다.

"아무것도 신봉하지 않는 냉소주의자는 탐욕스러울 가능성이 적다."

덧붙여,

"오직 사피엔스, 즉 인간만이 스스로 만들어낸 것들, 눈에 보이지도 않는 추상적인 것들, 예를 들면 종교, 이념, 국가 등에 의해 다시 속박당한다."

우리,
함께 살 순 없나요?

김피디

다큐멘터리 〈곰〉을 촬영할 때 한국의 반달곰 종 복원사업의 근간을 뒤흔든 곰과 조우하게 되었다. 일명 탈출의 명수, '빠삐용' 곰.

단군신화만 봐도 한반도에는 곰과 호랑이가 인간보다 먼저 살았다. 하지만 인간의 욕심이 수많은 동물을 멸종의 길로 이끌었다. 그 잘못을 바로잡고자 2005년에 멸종위기종 반달곰과 생태계 복원을 위한 종복원기술원이 설립되었다. 전 세계적으로 대형 포유류의 복원이 성공한 예가 거의 없던 탓에 당시에는 지리산 반달곰 복원도 실패할 거라고 예측한 사람이 많았다. 실제로 초기엔 어려움도 많았다. 하지만 곰들도 원래 자신들이 살았던 땅인 걸 알았을까. 중국과 북한 등지에서 데려온 한국 고유종과 유전자가 동일한 반달곰들은 적응 훈련과 야생 방사의 과정을 거쳐 차츰 생존 방법을 터득하기 시작했다. 15년이 지난 지금은 지리산 야생에서 3세대까지 태어났다. 현재 반달곰 복원은 안정기에 접어들어 60여 마리가 지리산에서 서식하고 있다.

순조로웠던 지리산 반달곰 복원사업에 일대 혼란을 불러 일으킨 놈이 바로 53번 곰, 빠삐용이었다. 어린 수컷 빠삐용은 지리산을 탈출해서 80킬로미터 떨어진 수도산에서 발견되었다. 복원사업이 시작된 이래 최초의 일이다. 그래서 별명도 탈출의 명수, 빠삐용이라 불리게 되었다. 수도산까지 가려면 고속도로와 두 개의 국도를 건너야 하는데 빠삐용이 그 어려운 일을 해낸 것이다. 그리고 수도산 숲에서 공사 중인 인부들의 초코파이를 먹다가 딱 걸렸다. 초코파이 비닐 껍데기를 두 손으로 야무지게 잘 까서 먹고 있었다. 곰은 원래 단 음식에 환장한다.

지리산 반달곰을 관리하던 종복원기술원과 환경부에서 난리가 났다. 실제 곰은 인간의 신체적 능력을 훨씬 뛰어넘는 위험한 동물이다. 종 복원사업을 시작하며 곰이 저지를지 모를 각종 사고에 대비한 보험을 들었고 지리산 지역의 주민들에게 곰 생태 교육도 펼쳤지만 수도산은 그 영역 밖이었다. 곰이 생소한 수도산 주민들에게 인명 사고와 같은 최악의 상황이 발생해선 안 된다. 종복원기술원 구조팀이 긴급 출동해서 빠삐용을 포획해 지리산으로 데려왔다. 사태는 일단락되었다고 생각했다.

빠삐용을 너무 쉽게 봤던 것일까. 지리산에 데려다가 재방사시킨 빠삐용이 수도산을 향해 다시 탈출을 감행했다. 신기하게도 지도라도 그려놨던 듯이 지난번과 똑같은 경로를 되짚어 탈출했다. 무엇이 자꾸 빠삐용을 그곳으로 이끌었을까. 지리산에 서식하는 반달곰 숫자가 늘어나면서 짝짓기 경쟁이 심해진 건지, 먹이가 부족했는지 아니면 모험심이 넘치는 녀석이었는지 물어볼 수는 없지만 어쨌든, 빠삐용은 수도산에 살고 싶은 모양이었다. 하지만 제멋대

로 하게 둘 수는 없는 노릇이었다. 두 번째 수도산에 간 빠삐용은 또다시 포획되어 지리산으로 돌아오게 되었다.

사실 빠삐용 입장에서 보면 황당한 일이다. 말 그대로 네발 달린 짐승이 가고 싶은 데 좀 갔다고 지리산만 벗어나면 우루루 몰려와서 지리산에 되돌려놓고, 또 벗어나면 우루루 다시 되돌려놓고. 원래 곰들이 살던 땅에 사람들이 들어와서 나무를 뽑고 산을 밀고 도로를 놓고 건물을 지어 올리고 서식지를 빼앗아갔는데….

시민단체들이 나섰다. 지리산이 동물원도 아닌데 언제까지 가둬놓을 것인가. 반달곰의 이동권을 인정해줘야 한다는 것이다. 이제는 인간들이 그만 욕심부리고 곰의 생태를 이해하고 공존을 위해 노력해야 한다는 주장에 점차 힘이 실리기 시작했다. '어서 와라 반달곰, 수도산이 기다린다'라는 현수막을 내걸며 빠삐용에게 환영을 표시한 수도산 인근 지역 주민들의 요청에 결국 조심스럽던 정부의 방침도 바뀌었다.

빠삐용은 저도 모르는 사이에 이동의 자유를 얻었다. 하지만 한 번 더 풀려난 빠삐용은 또다시 예상을 뒤엎었다. 이번엔 이동하지 않고 지리산에 똬리를 튼 채 동면을 시작한 것이다. 지리산에 있으라고 할 때는 매번 탈출하더니, 떠나라고 할 때는 정작…. 촬영팀은 별명을 빠삐용이 아니라 청개구리라고 지었어야 했다며 웃었다. 그다음에 일어날 일은 상상도 못 한 채.

다음 해 봄, 동면을 끝낸 빠삐용이 다시 잽싸게 수도산으로 이동하기 시작했다. 허를 찔렸다. 마치 시간을 끌며 자기에게 쏠린 관심을 돌리기 위한 영리한 전략인 듯 보였다. 하지만 이 전략도 성공하지 못했다. 고속도로를 건너다 버스에 치인 것이다. 버스 기사는 어둠 속에서 갑자기 달려 나온 곰을 피하지 못하고 시속 80킬로미터가 넘는 속도로 빠삐용을 치고 지나갔다. 버스 앞의 강철 프레임이 엿가락처럼 휘고 내부의 짐들이 쏟아질 정도로 강한 충격이었다고 했다. 사람이었다면 그 자리에서 즉사했을 것이다. 빠삐용은 다리를 절뚝거리며 산으로 도망쳤다. 신고를 받고 출동

한 종복원기술원 구조팀이 부상당한 빠삐용을 포획해 구례 본부 의료센터로 긴급 후송시켰다. 긴 수술이 시작됐다. 여덟 시간 동안 부러진 다리를 맞추고 거대한 철심을 박았다. 단지 자신이 가고 싶은 수도산을 향해 갔을 뿐인데 입에 산소호흡기를 단 채 고통을 받고 있는 빠삐용을 지켜보자니 마음이 아려왔다. 가뜩이나 호기심 많은 녀석이 평생 장애를 안고 기술원 우리에 갇혀 남은 평생을 보내야 할 운명이 되었다니….

하지만 빠삐용은 우리에게 또 한 번 반전의 이야기를 안겨 줬다. 수술을 마치고 아파서 끙끙 앓던 빠삐용이 구례 적응 장에서 조금씩 기력을 회복하더니 한 달도 안 돼서 나무에 오르기 시작한 것이다. 나무 위에서 상사리(나뭇가지를 꺾어 만든 쉼터)를 틀고 안정적으로 휴식을 취하며 나뭇잎이나 열매도 잘 먹었다. 시간이 지날수록 야생에서의 생존에 문제가 없어 보이는 기적 같은 생명력을 보여줬다. 조심스럽게 재방사 결정이 내려졌다. 빠삐용은 많은 사람들의 응원 속에서 수도산 인근에 방사되었다. 이젠 위험을 무릅쓰고 고속도로를 건널 필요가 없게 된 것이다. 이동식 우리의 철문이 열리자 잠시 망설이던 빠삐용은 산을 향해 힘차게 뛰어갔다. 그런데 이번에도 청개구리 본능이 발현되었다. 정작 코앞에 있는 수도산으로 안 가고 15킬로미터 떨어진 가야산으로 이동해서 둥지를 틀었다. 이 녀석은 기본적으로 말을 잘 안 듣는 놈인가 싶었다.

아프리카와 오스트레일리아를 제외하면 세상의 모든 곳에 곰이 살아간다. 그리고 곰이 살아가는 곳에는 늘 신화가 존재한다. 한반도는 물론 북극, 러시아, 유럽, 아메리카 어디든 곰의 신화가 있고 그 신화 속에는 공통점이 있다. 바로 곰이 인간이 되거나 인간이 곰이 된다는 내용이다. 과거 인간들은 곰을 숭배했고 곰의 힘을 가지고 싶어 했다. 곰이 숲의 왕이었으니까. 숲의 왕이었던 빠삐용은 온몸으로 우리에게 물었다.

"우리, 함께 살 순 없나요?"

내가 먼저
죽을 거야

고작가

"내가 먼저 죽을 거야."

"아니야, 여보 없이 살기 싫어. 내가 먼저 떠날래."

로미오와 줄리엣이 무색한 김피디와의 절절한 대화. 하지만 눈물겨운 사랑이라 하기에는 다소 무리가 있다. 혼자 남았을 때의 심란함 때문에 먼저 죽겠다고 경쟁하는 중이라서. 사소하게는 앞서간 사람의 장례식부터 귀찮고, 멀리 보면 늙어서 혼자 남아 살아갈 일도 별로. 몸이라도 아프면 어쩔 거야. 끼니 챙기기도 구차한 와중에 누군가의 도움을 받으며 얼마나 살아야 하는 건지…. 곱게 배웅을 받으며 먼저 죽는 게 낫지. 나 죽은 다음에 김피디가 새 사랑을 찾든 말든 그건 내가 알 바 아니고.

은퇴 후에 심심하면 김피디와 실버타운 투어를 다녀볼까 도 했다. 하지만 전염병을 겪으며 집단 요양시설이 불안해 져서 더욱이 먼저 떠나는 게 상책이라는 생각이다. 무의미한 생명연장 치료도 싫다고 서로 합의해두었다. 언젠가 병원 갈 일이 있으면 정식으로 치료 포기 서류에 사인을 해서 갖고 있기로 했다. 의식 없이 산소호흡기 끼고 누워서 등에 욕창 생겨가며 남은 가족들 힘들게 하고 싶지 않다. 의식이 사라지는 순간 깔끔하게 떠나고 싶다. 물론 땅속에 자리 차지하고 누워서 썩는 것도 원치 않는다. 화장해서 어딘가 뿌려져도 좋겠다.

고령화 시대가 축복이 아니라 재앙이라는 말이 심심찮게 나온다. 어릴 때야 짧고 굵게 살다가 장렬히 죽겠다고 다짐했지만 세상일이라는 것이 정말 그렇지가 않더라.

친한 피디 중에 30대가 지나기 전에 MBC를 나가겠다고 했던 사나이가 있었다. 그는 인생 자체를 오래 살고 싶은 마음이 없다고 했다. 차장, 부장 다는 데 연연하며 월급에 목매는 건 더욱 싫다 했다. 007 제임스 본드가 인생의 롤모델이고 술 마시며 자유롭게 살고 싶어서 운전면허도 따지 않았다. 미식가인 그는 맛집 리스트를 꿰고 즐겼으며 프로그램 쫑파티도 고급 레스토랑에 가서 우아하게 했다. 결혼에도 출산에도 뜻이 없었다. 그 결과 예쁜 여자친구들과 아낌없이 쓰며 호쾌하게 살았다.

세월이 흐르고… 그 멋진 사나이는 바람처럼 떠났을까.

아니. 여전히 MBC에서 월급을 받고 산다. 뒤늦게 결혼을 했고 딸 하나에 아들 쌍둥이, 세 남매의 아버지가 됐다. 강북에 아담한 아파트를 마련했는데 애 셋이 쑥쑥 자라다 보니 감당이 안 돼서 평수를 넓혀 근교로 나갔다. 운전면허가 없는 탓에 대중교통을 타고 장거리 출퇴근을 하며 왕년에 여자친구들에게 쓴 비용으로 소형차 한 대 값은 족히 날렸을 거라는 자해 개그도 잊지 않는다. 전셋집을 고치거나 에어컨 바꾸기가 아깝다며 여름엔 거실의 에어컨을 세 아이와 마누라에게 내어주고 홀로 방에서 더위를 견디는 가정적인 면모를 보이기도 한다. 폭염이 덮쳤던 여름에는 너무 괴로워서 1리터짜리 물통을 얼려서 껴안고 자는 극한의 아버지 역할을 수행했다. 쌍둥이들의 먹성에 등골이 송연하다고 '디스'하면서도 여전히 맛집 리스트를 업데이트하며 잘 먹고 잘 살고 있다.

짧고 굵게 바람처럼 살다 가고 싶다. 하지만 맘대로 안 되는 게 인생이다. 오늘이 끝일 거 같아도 내일이 온다. 좋은 날도 거지 같은 날도 무너질 듯, 끝날 듯 계속 살아진다. 그리고 어느 날, 나이 들고 내 몸조차 맘대로 굴러가지 않을 때가 온다. 저 살기도 바쁜 자식에게 무얼 기대하는 것도 호랑이 담배 피우던 시절의 이야기. 언젠가 그때, 세상과 이별할 때야말로 진정 떠날 줄 아는 인간의 가치를 발휘할 때가 아닐까. 스스로 감당할 수 있는 준비가 필요하다. 주변에 질척거리지 않고 깔끔하게 떠나기 위해.

상처
없는

사람
사이

5

네가 나의 불편

:

불편한 일이 많아진다.
너도, 나도, 사방이 불편하니
불편해하는 사람을 보는 마음도 편하지 않다.

불편이 사라지는 행복한 세상을 위해
불편하다고 용기 있게 말해야 했다.
그렇다고 '프로 불편러'들의 세상이 오길 바란 건 아니다.

내가 너의 불편

⋮

나와 다른 생각은 모조리 불편하고,
유머도, 실수도 눈치를 봐야 한다.
하늘에 있는 별을 보라는데,
그것을 가리키는 손가락만 보고 달려든다.

네가 나의 불편인 것을,
내가 너의 불편인 것을,
서로가 서로의 살얼음판이 되어 살아간다.

호구가
진상을 만든다

고작가

⋮

남자는 늘 착한 사람으로 불렸다. 남자에겐 유난히 돈을 빌려달라는 친구가 많았다. 장학금을 받고 과외 아르바이트도 해서 다른 친구들보다 여유로웠다. 그리고 돈이 생기면 주변에 잘 쓰다 보니 어디 가면 당연히 돈을 내는 사람이 됐다. 취직하고 나서는 주변에서 빌려달라는 돈의 액수도 늘었다. 하지만 제대로 돌려받는 경우가 드물었다. 남자는 여유 있어 보였지만 정작 통장에는 잔고가 쌓이지 않았다.

친구가 주식을 하다 망했다며 2백만 원만 빌려달라고 했다. 고등학교 동창인 친구는 공기업의 변호사였다. 2백만 원을 갚을 때가 되어선 부인이 알면 이혼하게 생겼다고 3백만 원을 더 빌려달라며 5백만 원을 채우면 곧 갚겠다고 했다. 다시 갚을 때가 되어선 은행 융자에 문제가 생겼다며 5백만 원을 더 빌려주면 해결하고 융자를 받아서 갚겠다고 했다. 뭔 소린가 싶었지만 결국 1천만 원을 채워서 빌려줬다. 하지만 다시 갚을 때가 되자 전화가 잘 연결되지 않았다. 어쩌다 연락이 되면 사는 게 너무 힘들다며 한숨만 푹푹 쉬었다. 알고 보니 많은 동창이 그 친구에게 돈을 빌려주고 받지 못하고 있었다. 그 탓에 동창 모임까지 소원해졌다.

세월이 훌쩍 지나서 다들 여유가 생기기 시작하며 동창들이 다시 만나게 됐다. 남자는 그 친구에게도 나오라고 연락을 했다. 다른 동창들이 한마디씩 했다.

"이 새끼는 하여튼 너무 착해…."

친구는 여전히 공기업에서 변호사로 일하고 있었다. 결혼

생활도 그대로였다. 반갑게 술자리에 합류해서 술도 마시고 이야기도 잘했다. 미안하다는 말은 없었고 계산 역시 그 친구가 하지 않았다. 그리고 얼마 후에 전화가 왔다. 또 돈을 빌려달라고. 차마 단박에 거절하지 못한 남자가 대답을 얼버무리자 급하다고 계속 문자가 왔다. 꼭 갚을 거라며, 왜 답이 없냐고 원망까지 했다.

마음 약한 남자는 결국 입금을 했다. 하지만 갚겠다고 약속한 날에도, 그 이후에도 그 친구에게서 연락은 없었다.

더는
미안해하지 않으려고

김피디
:
:

심심찮게 전화가 온다. 부탁 전화들이다. 몇 년 전에 함께 일했던 작가의 사촌동생들이 서울에 놀러 왔다고 공개방송을 구경시켜달라고 한다. 친구 녀석 와이프는 아들내미 방송국 견학을 시켜달라고 한다. 촬영 때 함께 일했던 외부 스태프는 딸이 방송국에 입사하고 싶어 한다며 만나서 조언을 부탁했다. 방송국에 있다고 쉽게 들어줄 수 있는 일들은 아니다. 그래도 바쁜 와중에 소원 수리해주느라 가로 뛰고 세로 뛰는 나를 보며 고작가가 참 실속 없는 일에 바쁘다고 웃었다.

얼마 후에 그 작가의 조카들이 상경했다며 또 티켓을 구해
달라 하고, 친구 와이프는 아들 친구들도 방송국 구경을 시
켜달라 하고, 외부 스태프는 딸이 입사 준비를 열심히 안
한다며 한 번 더 만나 충고해줄 것을 부탁하고…. 물론 전
화는 이 사람들뿐만이 아니다. 고작가가 혀를 끌끌 차기 시
작했다. 본인은 단 한 번도 함께 일한 피디들에게 공개방송
티켓을 부탁한 적이 없으며, 본인이 하던 대학 강의의 학생
들을 견학시킬 땐 당연히 피디들에게 강의료를 주고 요청
했단다.

"부탁하는 사람에게 어떻게 매몰차게 거절해?"
"거절 못 할 이유는 뭐야. 왜 해줘야 하는데?"
"실망하잖아."
"공개방송 티켓이 방송국 복도에 굴러다니는 것도 아니고
다른 담당자에게 아쉬운 소리 해서 어렵게 얻는 거잖아. 방
송국 구경도 그래. 여긴 일터야, 바쁘게 일하러 오는 데라
고. 내가 그 사람들 일하는 데 놀러 가서 한 바퀴 돌고 싶다
면 좋아할까. 민폐잖아."

"일터가 하필 방송국…이라….

"그게 호구라는 거야."

"호구?"

주변 사람들은 내게 착하거나 사람 좋다고 하지 호구라고
한 적은 없었다. 뭐… 물론 그런 경향이 없지는 않다. 일단
부탁을 거절하지 못한다. 싫은 소리도 못 한다. 기본적으로
마음이 약한 것도 있지만 상대가 실망하면 내 마음이 편치
가 않다. 상대가 기뻐하는 모습이 훨씬 보기 좋다. 짧게 사
는 인생, 얼굴 붉히기보다 웃으며 살아가는 것이 좋으니까.
그런데 언젠가부터 유독 나에게 부탁하는 사람이 많다는
걸 깨달았다.

부탁은 부탁을 낳는다. A의 부탁을 받으면 그걸 들어주기
위해 나는 B에게 다시 부탁을 하고, 그다음엔 B에게 고마
움을 갚기 위해 뭔가를 해주고… A는 또 부탁을 하고, 그러
다 잘 안 되면 섭섭해하고…. 결국 중간에서 실속 없이 바
빴던 나는 여기저기 미안해하고 있다.

비슷한 경험이 반복되니 어리둥절해진다. 내가 왜 미안해야 하지? 상대가 미안하다 해야 하지 않나? 돌이켜 생각해보니 날린 돈도 꽤 많다. 푼돈으로 이리저리 준 것은 헤아릴 수도 없다. 막 MBC에 입사했을 때 유학 간다며 찾아온 친구가 비용이 모자란다며 3백만 원을 빌려주면 꼭 갚겠다고 했다. 당시 신입사원에게 두 달 월급에 가까운 큰돈이었고, 모아놓은 돈이 있을 리도 없었다. 그래도 힘들다고 하니 마이너스 통장까지 동원해서 돈을 빌려줬다. 하지만 유학을 떠난 그 친구는 연락이 되지 않았다. 몇 년 후에 다시 한국에 돌아온 걸 알았지만 새삼스레 돈을 갚으라고 하기가 미안해서 말도 꺼내지 못했다. 서로 연락이 껄끄러우니 친구 사이도 그렇게 끝났다. 물론 그 후에도 다른 지인들에게 푼돈부터 몇 백만 원까지 줄기차게 빌려주었다. 큰돈은 아니지만 보증도 두어 번….

"이 정도면 부탁하는 사람들을 탓할 수준이 아니네. 호구가 진상을 부른 거지. 어서 옵쇼~"

고작가는 냉정하다. 하지만 살다 보니 맞는 말이다. 오히려 내가 주변을 스포일링(spoiling)해서 관계를 망치고 있었다. 내게 뭔가 부탁하고 그걸 얻어내는 걸 당연하다고 생각하게 만든 것이다. 그리고 그런 상대방을 돈을 갚지 않고 사라지는 사기꾼, 철면피가 되게 만들었다. 더 이상 미안해하지 말자. 그건 착한 게 아니라 결국은 서로에게 상처가 남는 멍청한 행동이니까.

"그런 부탁은 무리야, 안 돼."

정확한 말 한마디가 비정상을 정상으로 만든다. 주변에 진상이 많다면 남 탓하기 전에 자신이 호구가 아닌가 뒤돌아봐야 한다. 나도 이젠 돈 부탁만큼은 거절하는 방법을 터득했다.

"와이프가 모든 돈을 관리해."

솔직히, 아직껏 매몰찬 "안 돼"는 힘들다. 그래도 고작가는 주변 정리가 워낙 깔끔한 사람이라 이런 대답은 백 퍼센트 효과가 있다. 안타까운 것은, 진짜 와이프가 모든 돈을 관리한다는 것…. 나의 모든 수입은 통장으로 향하고 은행의 공인인증서와 비밀번호는 고작가 손아귀에 있다는 사실. 이번엔 와이프의 호구가 된 것인가….

꼬인 인간들의
습격

고작가

:
:

꼬인 인간들의 습격은 부지불식간에 일어난다. 기분 좋은
순간에도 몹시 우울한 순간에도 예고 없이 강타한다.

"아니, 그게 아니지….."

말을 할 때 '아니'라고 시작하는 사람이 있다. 능력 있고 일
도 열심히 한다. 하지만 동료들은 아무리 성과가 좋아도 그
와 팀이 되길 원하지 않는다. "아니!" 하며 상대의 말을 일
단 부정하고 자신의 주장을 센 어조로 설득하는 화법. 결국
상대는 자신이 틀렸음을 인정할 때까지 공격을 당하게 된

다. 듣다 보면 그렇게 힘주고 공격할 이야기가 아니다. 어쩌다 잠시 소홀해진 일 혹은 조금 다른 생각일 뿐. 어떨 땐 상대와 생각이 썩 다르지도 않다. 하지만 그에게 중요한 건 상대가 무조건 한 수 접고 자신에게 동의하는 태도를 보이는 것. 그와 이야기하면 피곤하다.

"솔직히 말해서…."

자신은 솔직하다며 머릿속에 든 생각을 툭툭 내뱉어버리는 사람도 있다. 그리고 자신의 솔직함에 만족해한다. 주변에 사람이 많을수록, 여론을 주도할수록 목소리가 커진다. 그것이 솔직함에 기댄 막말이라는 것도, 상대가 상처를 받는다는 것도 안중에 없다. 때론 엄숙하게, 때론 호탕하게 웃어버리면 그만이다. 자신의 감정에만 솔직하고 다른 사람은 본인 감정의 쓰레기통으로 여기는 사람. 그와 이야기하고 나면 불쾌해진다.

"어쩌다 그랬어…?"

근심을 가장한 오지랖이 끝없이 이어지는 사람도 있다. 애정 어린 표정으로 시시콜콜 알아내고 싶어 하는 얼굴 뒤엔 호기심이 가득하다. 입은 걱정하고 있지만 입꼬리가 올라가 있다. 묻지 말아줬으면 하는 일도, 모른 척해줬으면 하는 일도 일단 먹잇감으로 물리면 피할 수 없다. 그와 이야기를 하고 나면 소중한 것을 도둑맞은 듯 허탈해진다.

"원래 내가….."

상대보다 자신이 낫다는 걸 확인받으려는 사람도 있다. 원래 내 성적이면 그 학교에 갈 수 있었는데…, 원래 우리 집이 좀 살았잖아…, 원래 그 여자가 나를 좋아했지…. 어느 순간 그의 허세가 결국은 자격지심이라는 걸 깨닫게 된다.

꼬인 인간들이 참 많다. 나는 별생각이 없는데 혼자 상상의 나래를 펼쳐서 이리 꼬고 저리 꼬고 지레 삐뚤어져서 화를 낸다. 세상일도 신박하게 꼬아서 음모설을 남발하며 꽈배기 같은 시각을 그럴듯하게 합리화한다.

만날수록 기분이 더러워지는 사람들을 계속 만나야 할까. 일이 힘들다고 하지만 사실, 일을 힘들게 만드는 건 대부분 사람이다. 일이야 더 열심히 하거나 아예 때려치우면 되지만 사람 때문에 힘든 건 왜 그래야 하는지 억울할뿐더러 주변의 관계까지 얽히면 답이 없다.

사실, 나도 사람들과 이야기하다 보면 생각과는 다른 말을 하게 되는 때가 있다. 꼭 그렇게 생각 안 해도 분위기를 타서 세게 말하게 되고, 말이 끊기면 뭐라도 떠들어야 할 것 같고, 상대가 말을 안 하면 찜찜하고, 다수의 그룹에 끼지 못하면 나에게 문제가 있나 자책하고. 하지만 그렇게 남에게 맞춰주다 보면 내 감정도, 나 자신도 잃어버린다는 걸 깨닫게 된다.

살수록 밝은 사람이 좋아진다. 꼬아서 보고 꼬아서 이야기하는 사람이 힘들다. 차라리 혼자가 낫다. 꼬인 인간들 비위를 맞춰주느라 허비하는 시간이 아깝다는 걸 좀 더 일찍 알았다면 훨씬 건강하고 기분 좋게 살았을 거다.

꼬인 인간들의 습격은 무시한다. 적당히 웃으며 적당히 해맑은 얼굴로 앉아 있다가 일어선다. 싸워도 답은 없다. 이길 자신도 없고 이길 가치도 없다. 그리고 가능하면 그런 사람은 만나지 않는다.

뒤돌아보면 나도 스스로 예민할 때 상대를 힘들게 했다. 함부로 내뱉은 말은 결국 내 스트레스였다. 상대에게 주는 상처도 결국 나 자신의 결핍이다. 자기 감정쯤은 스스로 처리할 줄 아는 것이 다른 인간에 대한 기본 예의다.

좋은 사람만 만나고 살아도 인생 짧다.

정작 미친 X는 치료 안 받고
주변 사람들만 병원 가게 만든다

김피디
:
:

방송국은 다른 직장에 비해 상당히 수평적인 집단이다. 피디는 자신의 팀을 잘 꾸려서 프로그램만 잘 만들면 된다. 그런데 희한하게 다른 사람을 좌지우지하고 싶어 하는 인간들이 꼭 등장한다. 어느 집단, 어느 조직이든 사람을 미치게 만드는 인간들이 있다는 '또라이 총량 불변의 법칙'이 맞는 걸까. 세상 어디에나 또라이가 있고, 여기 없으면 저기에 있고 저기에도 없으면? 본인이 또라이일 수 있다는, 웃기지만 일리 있는 무서운 법칙 말이다.

"인간은 자신이 잘 모르는 것은 무조건 부정하려 든다."

파스칼의 《기하학의 정신에 대하여》에 나온 말이다. 이런 경향의 사람들이 바로 또라이, 다시 말해 미친 X들인 것 같다. 본인만 옳고 오류가 없다며 자신 눈의 들보는 보지 못한 채 타인 눈의 티끌에 집착한다. 본인이 노력만 한다면 전문가의 치료나 주변의 도움을 통해 충분히 정상의 범주로 들어올 수 있는데 그것은 생각조차 못한다. 왜냐하면 자신은 전혀 문제가 없기 때문이다. 이런 사람은 타인에 대한 이해와 공감 능력이 부족하다.

방송은 함께 만드는 일이다. 스태프 하나하나가 역할이 있고 그 노고들이 모여 한 편의 작품이 탄생한다. 모 피디와 함께 일한 조연출이나 서브 작가, FD는 괴로움을 토로하다 끝내 버티지 못하고 줄줄이 그만둔다. 하지만 정작 그는 그만두려는 스태프를 이해하지 못하며 화를 내고 '요즘 애들' 탓을 한다. 나아가 3대 거장인 자신과 일하는 걸 영광인 줄도 모른다고 마지막까지 혼을 낸다는 이야기가 전설처럼 회자한다. 물론 모 피디가 어떤 이유로 거장인지는 아무도 모른다. 스스로 밝히지도 않았다고 한다. 자칫 물어봤다가 화를 더 돋울 수 있어서 스태프들도 '안물안궁', 즉 물어보지도 궁금해하지도 않았다고. 어차피 그만의 남다른 정신 세계는 안물안궁이니까.

파스칼은《팡세》에서 이런 말도 한다.

"인간이 불행한 이유는 자신의 방에서 고요히 머무르는 방법을 모르기 때문이다."

파스칼은 참 좋은 말을 많이 했다. 인간은 자신을 성찰하고 반성할 줄 모르면 불행해진다. 그런데 파스칼이 간과한 문제는 정작 불행해지는 건 본인이 아니라 상대방이라는 점이다.

또라이들이 더욱 주변을 힘들게 하는 이유는 본인 기분에만 충실하기 때문이다. 본인이 화가 나면 소리를 지르고 잘잘못을 따진다. 급기야 사무실에서 부들부들 눈물까지 터트리는 인간도 있다. 그럼 보통의 사람들은 어찌할 바를 모른다. 반면에 기분이 좋을 땐 세상에 그렇게 부드럽고 스윗한 사람이 없다. 그러면서 사실 자신이 마음이 여리고 약한데 다른 이들이 몰라준다고 서러워한다. 하지만 바로 다음날에 다시 '쌩깔' 때도 있다. 정말 미친다. 퇴근 후에도 또라이가 보내놓은 문자나 카톡, 메일이 도착한다. 낮에 화낸것도 모자라 본인 감정이 풀릴 때까지 밤새 또 조목조목따진다. 받는 사람은 환장할 노릇이지만 자신이 만족할 때까지 멈추지 않는다. 문제는 당하는 사람들은 어느 장단에맞춰야 할지 몰라 늘 촉각을 곤두세워야 하는 거다. 일보다또라이의 분노조절 장애 때문에 감정노동을 하는 게 훨씬더 피곤하다. 일기예보처럼 또라이들의 기분예보 같은 게있으면 좋을 것 같다.

조직에 또라이가 있으면 쓸데없는 에너지를 낭비하게 된다. 그가 저쪽에서 오면 다들 방향을 바꾸거나 화장실로 급하게 들어간다. 만약 그것도 어려우면 통화하는 척해야 한다. 마음 여린 피디 한 명은 어느 날 갑자기 걸려온 또라이의 전화에 크게 당한 뒤 아예 상대의 번호를 스팸번호로 돌렸다. 직접 찾아올까봐 걱정이긴 하지만 그래도 마음이 훨씬 편하다고 했다. 일로 전화를 해야 할 일이 있으면 어쩌냐 했더니 차라리 풍등이나 비둘기를 날리는 한이 있더라도 더 당할 수는 없다고…. 그 피디는 후일 회사를 그만두면서 그를 더 이상 보지 않는 게 가장 기쁜 일 중에 하나라고 했다.

시간이 지나며 또라이는 점점 혼자가 되어간다. 하지만 본인은 모른다. 사람들이 그 앞에선 대충 맞춰주고 피하니까. 하지만 요즘은 SNS라는 세상에 몸담으면서 증세가 더 악화하는 것 같다. 자신과 생각이 비슷한 사람들을 찾아다니며 온라인 소통을 시작하기 때문이다. 자신이 소통의 달인이라도 된 것처럼 착각에 빠진다. 이제 그는 빈 방에서 성찰을 하는 것이 아니라 그냥 빈 방에 갇힌다.

어차피 해야 하는 일, 서로 북돋워주는 좋은 분위기에서 일하고 싶다. 하지만 또라이는 변하지 않는다. 치료가 시급하지만 병원에 가지 않는다. 어떤 충고와 호의도 그에겐 먹히지 않는다. 그리고 그걸 시도한 사람만 시달리다 정신과 치료를 받게 된다. 또라이 경보, 또라이 기분예보 앱 같은 것에 4차 산업혁명과 AI 기술이 관심을 좀 가져주면 좋겠다. 정말 대박 나지 않을까?

덜 뜨겁게, 덜 화끈하게
사회적 거리 두기

고작가
:
:

코로나 팬데믹이 전 세계를 휩쓸면서 '사회적 거리 두기'
가 절실했다. 전염성이 강한 바이러스 앞에서 그 '거리'는
개인의 생존을 지키는 일이었다. 재난을 피해 통제 속에 살
아야 하는 건 고통스러운 일이었지만, 그 '거리' 덕에 질병
의 소용돌이가 힘겹게 지나가고 있다(끝나도 왠지 전과 다른 불
안한 세상이 남겨질 것 같지만…).

2002년 월드컵에서 태극전사들이 승승장구하고 '붉은 악
마'들이 대한민국의 거리를 뒤덮었다. 온 나라가 열광과 흥
분의 도가니였다. 경기가 있는 날이면 사무실에서도 응원

전이 펼쳐졌다. 모든 업무가 중지되고 다들 흥분해서 이겨야 한다고 거품을 물었다.

"이기면 좋겠지. 하지만 질 수도 있는 거지. 사실 죽고 사는 일도 아니잖아. 여기까지도 너무 훌륭한데 뭐."

라고 말하고 싶었지만… 그건 왕따의 늪으로 관 뚜껑 열고 들어가는 일이었다. 한국팀 승리에 대한 염원은 당연히 한마음이었다. 하지만 나는 가슴 졸이며 경기를 보는 것을 좋아하지 않는다. 더구나 승부에 열 내고 탄식하고 싸움도 붙고 그런 격렬함이 별로…. 궁금하면 나중에 결과만 알면 되지 않나. 한국팀이 승승장구하니까 당연히 나도 신이 났다. 하지만 열기가 끝없이 올라가면서 모두가 똑같은 옷을 입고 똑같이 몰려다니며 똑같은 함성을 지르는 시간이 길어지자 왠지 숨이 막혔다.

밀란 쿤데라의《참을 수 없는 존재의 가벼움》에서 여주인공 사비나가 말한다.

"공산주의보다 행진이 싫었다."

이념과 이론이 옳으냐 그르냐를 떠나서 모든 인간에게 똑같은 생각과 행동을 강요하는 틀 자체가 인간의 존엄을 파괴한다. 내가 사는 땅은 참 뜨겁다. 사람들도 화끈하다. 자발적으로 환호한 월드컵과는 다르지만 뭐랄까… 무슨 일만 터지면 온 국민이 한곳에 집중하고 같은 소리를 내야할 것 같은 분위기 속에서 다른 소리를 내는 사람은 역적이거나 바보가 된다. 요즘은 직접 만날 필요도 없다. 전세계 1등인 인터넷 대국의 위엄을 자랑하며 키보드를 달리는 손가락 놀이로 인간 하나가 매장되는 건 일도 아니다.

일상의 인간관계에서도 마찬가지다. 때때로 넓은 오지랖으로 친하다고 뭐든지 시시콜콜 알려고 하고, 상대가 무슨 생각을 하나 지레 넘겨짚어서 충고한다. 어떨 땐 팩트를 건드리는 것 자체가 상대에겐 상처가 될 수 있다. 본인이 옳고 정당하면 남의 생각도 존중할 줄 알아야 하고, 본인이 침해받지 않으려면 남에게 민폐가 될지 살피는 눈치쯤은 있어야 하지 않을까.

바이러스가 꼭 물리적인 것만 있는 건 아니다.
사람과 사람 사이의 예의를 무너뜨리는 바이러스를 피해
사회적 거리 두기.
조금은 덜 뜨겁게 덜 화끈하게
타인과의 거리를 유지하며 살기.

문명의
독

김피디

⋮

맹수나 독충보다 때로는 사람이 훨씬 무섭다. 아마존 한가운데서라면 더욱 그렇다.

"발전기를 내놔. 안 그러면 너희들을 죄다 묶을 거야."

마루보 추장이 인자한 얼굴로 말한다. 손에는 커다란 도끼 같은 걸 움켜쥐고 우리 쪽으로 날을 흔들고 있다. 아놔….

아마존에서 여러 원주민을 촬영했다. 그중에서 문명이 들어간 접촉 부족은 마티스, 자미나와, 와우라, 아쿤슈, 야노

마미 그리고 마루보까지 여섯 개 정도의 부족이었다. 문명이 들어간 여부와 상관없이 아마존 원주민 촬영 절차는 까다롭다. 외지인에게 개방된 원주민 민속촌 같은 곳에서 촬영하면 쉽게 할 수도 있지만 우린 정공법을 택했다. 브라질 정부에서 원하는 대로 행정적인 허가와 건강검진, 여섯 개의 예방접종을 꼼꼼히 거쳤다. 제대로 깊게 촬영하고 싶은 마음과 함께, 혹시라도 원주민들에게 피해를 주고 싶지 않아서였다.

긴 기다림 속에 복잡한 공식 절차가 끝나도 가장 중요한 절차가 남아 있다. 해당 부족과 협상을 하는 것이다. 세상에 공짜는 없다. 문명과 접촉하고 사는 부족을 촬영하려면 그들이 원하는 선물을 줘야 한다. 브라질 정부에서는 돈은 주지 말라고 했다. 나누는 과정에서 자칫 큰 싸움으로 번질 수 있기 때문이다. 부족민 전체가 공유할 수 있는 물건을 주라는데, 알아보니 그들이 원하는 선물은 보통 모터보트였다. 문명의 맛을 알게 된 접촉 부족들은 아마존강 깊숙한 곳에 자리 잡은 자신의 마을에서부터 좁은 강줄기를 타고 문명화된 도시를 오간다. 사냥을 위한 총을 사고, 기름을 사고, 생필품도 사 와야 하기 때문이다.

"중국제 모터보트로 사 오려는 건 아니지?"

추장의 얘기에 뜨끔했다. 일반 보트는 1만 달러가 넘는데 중국제는 절반 가격으로 살 수 있어서 중국제로 준비하고 있었다. 추장은 빠삭했다.

"야마하 알아? 그걸로 사 와. 없으면 혼다도 좋아. 70마력 넘는 걸로."

야마하 모터보트를 선물로 주고 마루보 부족을 촬영한 지 나흘째. 이번엔 마루보 추장이 우리가 쓰는 발전기도 내놓으라고 했다. 카메라 등 촬영 장비를 충전하려면 발전기가 필수다. 발전기가 없으면 며칠 걸려서 도시로 나가 다시 사 와야 한다. 갑작스러운 요구에 일단 완곡한 거절의 의사를 표시했다. 추장은 웃으며 우리를 해먹 옆에 묶으라고 했다.

이럴 때는 어떻게 해야 할까?

바로 대답을 바꿔야 한다.

"통역에 문제가 있었네요. 중요한 것은 발전기마저 드리게
되어 저희도 기쁘게 생각한다는 것이죠. 지금 바로 드리도
록 하겠습니다. 악수할까요?"

스태프들의 안전을 담보로 도박을 할 필요는 없다. 사람 나
고 발전기 났지, 발전기 나고 사람 난 건 아니니까. 그렇지
않아도 발전기를 꼭 드리고 싶었다며 발전기를 내줬다. 그
리고 그날 밤에 손전등도 켜지 않고 짐을 챙겨 야반도주했
다. 왜냐하면 이제 매일같이 선물을 달라고 할 테고 결국
촬영이 끝나면 카메라를 두고 가라고 할 것이 뻔했기 때문
이다. 카메라가 가장 비싼 장비임을 이들도 알고 있다.

문명을 받아들인 이상 과거의 전통으로 돌아가긴 어렵다.
마티스족을 촬영할 때 일이다. 마티스족이 과거의 사냥법
을 보여준다고 했다. '자라바타나'라는 긴 장대에 독침을

넣고 입으로 불어서 원숭이를 사냥했던 용맹한 마티스족. 산탄총으로 사냥하는 모습만 촬영하다가 드디어 멋진 원시 사냥법을 촬영할 수 있겠구나, 쾌재를 불렀다. 디데이가 왔다. 카누를 타고 사냥터로 이동하는 장면부터 촬영하기 위해 준비하고 있었다. 그런데 부추장과 제사장이 긴 자라바타나를 들고 카누가 아닌 모터보트에 올라 시동을 거는 게 아닌가?

"잠시만요. 전통적인 방법으로 사냥을 간다면서요. 카누를 타셔야죠."
"팔이 아파서 카누로는 못 가."

아… 팔이 아프단다, 아마존 부족민이…. 산탄총이 들어오면서 쉽게 사냥이 가능해지자 남획이 시작되었다. 남획을 하면서 원숭이와 멧돼지 씨가 마르기 시작했고 이젠 마을에서 수십 킬로미터 떨어진 먼 곳으로 사냥을 가야 했다. 그러자 그 먼 거리를 카누로 이동하기 어려워진 것이다. 사냥터에 도착했지만 자라바타나로는 사냥이 불가능했다.

사냥은커녕 거의 2미터가 넘는 자라바타나를 들고 정글에서 걷는 것부터 힘겨워 보였다.

마티스족은 이제 모터보트가 없으면, 총이 없으면, 도시의 물건들이 없으면 생존할 수 없게 되었다. 필요한 모든 것들을 자연에서 얻으며 살아가던 아마존의 부족민 눈앞에 어느 날 갑자기 문명의 선물이 떨어졌다. 그리고 30~40년 만에 이들은 변해버렸다. 정글에서 멧돼지와 원숭이를 잡기 위해 서로 힘을 합쳤던 부족민들은 총과 모터보트만 있으면 혼자서도 쉽게 사냥을 할 수 있게 되었다. 서로 경쟁적으로 사냥하면서 사냥감의 씨가 말라갔다. 더 좋은 총과 더 빠른 보트가 필요하게 되었고 이런 문명을 유지하려면 무엇보다 돈이 필요했다. 결국 아마존 밀림의 주인들은 자신들이 살던 방식에 만족하지 못했고 도시로 나가 도시 빈민으로 떠도는 경우가 늘어났다.

당할 땐 무서웠지만 아마존 곳곳을 다니며 마루보 추장의 협박이 안타까운 현실임을 깨달았다. 석별의 정을 나눌 새도 없이 장비와 물건을 뺏길 새라 도망치듯 빠져나올 때마다 한숨이 나왔다. 정글의 재규어보다, 아나콘다보다 문명이 더 위험했다.

삶은…

자신을 향한
긴 여행

6

가장 좋아하는 인터넷 명언

| 지인지조 |

:

지	지
인	인생
지	지가
조	조진다.

살다 보니 깨닫는
지인지조의 지름길

⋮

십 대 부모 말 안 듣고 친구들이랑 몰려다니면서 세상 다 안다고 잘난 척하다 주어진 기회 모두 놓친다.

이십 대 좋은 남자 두고 굳이 나쁜 남자 만나고, 좋은 여자 두고 굳이 예쁜 여자 만난다.

삼십 대 한 방에 대박 치려다 한 방에 골로 간다.

사십 대 남이 가진 것만 부러워하다가 자기가 가진 소중한 것은 소홀히 하고 날려버린다.

오십 대 자기만 옳다고 훈계하고 남 탓하다가 주변 사람들 다 질리게 한다.

자신이 얼마나 빛나는지
몰랐던 스타

고작가
.
.
.

"남자는 여자 하기 나름이에요."

명대사를 날리며 대한민국을 휩쓸었던 CF 요정이자 인기 절정의 배우였던 최진실. 그녀가 스스로 세상을 떠났을 때 뭐랄까⋯ 멍한 느낌이 들었다. 동갑이었던 그녀의 성장을 지켜봤다. 나는 막 사회생활을 시작해서 바닥을 구르며 고생할 때 일약 스타로 떠올라서 소위 떼돈을 버는 걸 보며 부러웠고, 잘생긴 연하의 야구선수와 결혼을 할 때는 진짜 복이 많은 사람이라고 생각했다. 〈20세기 한국의 인물들〉 이라는 다큐멘터리를 만들 때 대국민 설문조사에서 한국

최고의 미인으로 뽑혔던 것도 최진실이었다. 촬영해 온 화면 속의 그녀는 참 예뻤다. 하지만 그녀의 모습에서 묘한 슬픔이 느껴졌던 기억이 떠오른다.

최진실이 떠나고 한참 후에 남은 가족들에 대한 휴먼 다큐멘터리를 만들었다. 그리고 그녀의 방 장롱 속에 남아 있던 일기장을 보게 됐다. 예쁜 글씨로 또박또박 적어 내려간 그녀의 속마음은 내가 알던 스타가 아니었다. 자신의 삶에 절망하고 상처받은 여자였다. 그 예쁜 얼굴로 어떤 남자가 자신을 사랑해주겠느냐고 불안해했다. 부와 재능을 양손에 쥐고 있는데도 앞으로 살아갈 일을 막막해했다. 주변인이나 친구들에게 시도 때도 없이 전화하고 매달리다가 친구들이 전화를 받지 않으면 상실감에 더 절망했다.

최진실의 어린 시절은 불우했다. 방송으로 많이 알려졌듯이 경제적으로 무능한 데다 무책임하기까지 한 아버지는 밖으로 나돌며 딴 여자들과 살림을 차리고 가족을 방치했다. 어린 진실은 어머니, 동생과 함께 하루하루 끼니를 걱정하고 집도 절도 없이 떠돌기도 했다. 엄마마저 자신을 버릴까 조마조마했고, 자살하려는 엄마를 붙잡고 애원한 적도 있다. 그녀의 어머니 말처럼 비참한 삶이었다. 하지만 그 모든 역경을 딛고 스타가 되어 부와 인기를 얻었다. 배고픔도 가난도 끝났다. 많은 사람이 그녀를 사랑했고 부러워했다. 그래도 그녀는 여전히 자신의 가치를 몰랐다. 화려했던 결혼이 이혼으로 막을 내리자 이미 많은 걸 갖고 있음에도 잃어버린 것에만 집착했다.

그녀는 많은 이들에게 여전히 스타였는데도 사랑받지 못할까 불안했고 몇몇 못된 악플러들의 말에는 흔들리고 상처받았다. 그녀의 마음을 다 헤아리기는 조심스럽지만, 아마도 그녀 스스로를 아프게 한 가장 큰 내면의 균열은 '자존감'의 문제가 아니었을까 싶다. 자존감은 자신을 존중하고 소중히 여기는 마음이다. 어떤 걸 얼마나 많이 가지고 있는가는 중요하지 않다. 자신을 얼마나 알고 얼마나 소중히 여기는가에 대한 문제다.

과거나 상처, 혹은 실수에 집착하다 보면 끝이 없다. 자신의 변화를 인정하고, 있는 그대로 받아들이고 다른 이들의 말이나 행동에 흔들리지 말아야 한다. 따져보면 악플러들도 자존감이 없는 인간들이다. 스스로 소중하다면 왜 남에게 집착하고 욕하는 일에 자신의 가치를 허비할까. 아무리 빛나는 스타여도 자신의 가치를 모르면 절망한다. 대중이 사랑했던 스타들이 스스로 생을 포기하는 경우가 늘고 있다. 한 인간의 상처가 한 가지 이유로 정의될 수야 없지만 다큐멘터리를 제작하면서 그들의 내면을 들여다보노라면 말할 수 없이 안타깝다. 쏟아지는 관심 속에 '사랑받는 자신'과 '욕을 먹는 자신' 사이에서 '진짜 자신'에 대한 자존을 찾지 못해 고통스러워한다. 그리고 자신의 가치를 너무 모른 채 이미 충분히 빛나는 삶을, 아까운 재능을 허무하게 던져버린다.

탑골공원 유행가 가사처럼, 잘난 사람은 잘난 대로 살고 못난 사람은 못난 대로 산다. 잘나면 어떻고 못나면 어때. 잘났어도 본인을 모르면 절망하고 못났어도 자신의 가치를 알면 행복한걸. 있는 그대로 자신의 가치를 깨달을 수 있는 자존감이 자신이 원하는 삶을 살 수 있게 해주는 출발점이다.

존재만으로도 충분히 빛났던 스타, 그녀의 명복을 빈다.

내가 모두 다 잘해야 한다는
생각을 버려

김피디

：

〈곤충, 위대한 본능〉이라는 다큐멘터리는 3D, 즉 입체로 촬영되었다. 당시는 막 3D 붐이 일던 시기라 한국은 물론 해외에서도 자연다큐를 3D로 촬영한 전례가 별로 없었다. 더구나 일반 카메라로도 촬영하기 까다로운 곤충 같은 작은 주인공들을 3D로 제작한다는 것은 일종의 모험이었다. 3D 제작에서 가장 중요한 것은 피사체의 동선을 계획하고 계산해서 촬영하는 것이다. 하지만 개미에게 1미터 직진하다가 우회전해서 2미터 간 후 멈춰 서라고 할 수 있을까. 엄청난 난관이 예상됐지만 안 해본 거라 해보고 싶었다.

콘텐츠진흥원이라는 곳에 가서 처음으로 3D 카메라를 실물로 영접했다. 그런데 이럴 수가, 카메라가 양문형 냉장고만 했다. 게다가 3D 카메라는 두 대의 카메라로 동시에 촬영해야 한다. 피사체와의 거리 등에 따라 두 대의 카메라가 미세하게 움직여야 하고, 그러려면 복잡한 기계 장치와 컴퓨터가 내장되어야 한다. 아무튼 냉장고만큼 거대하고 무겁다. 그래서 기동성이란 게 존재하지 않는다. 자연다큐에 있어서 가장 중요한 것은 기동성인데.

곤충 전문가들과 답사차 양평의 산에 올랐다가 장수풍뎅이가 짝짓기하는 것을 목격했다. 산 아래에 있는 촬영팀에게 급하게 전화를 했다. 지금 장수풍뎅이가 짝짓기를 하고 있으니 빨리 3D 카메라 가지고 올라오라고. 그러면 한 시간 후에 스태프 서너 명이 땀을 비 오듯 흘리며 세상에서 가장 불행한 얼굴로 모습을 드러낸다. 거기서 끝이 아니다. 이 복잡한 기계장치를 가동하고 두 대의 카메라를 정렬시키고 포커스를 맞추고 하다 보면 결국 두어 시간은 훌쩍 지난다. 문제는 장수풍뎅이가 몇 시간씩 짝짓기를 못 한다는 것이다. 몇 시간은커녕 1분도 못 간다. 사람도 못 하는데…. 3D 촬영은 그렇게 시작도 전에 진이 빠지기 일쑤였다. 한국의 산세가 몹시 험하다는 것도 그때 알았다. 연일 양문형 냉장고를 메고 결정적인 장면들을 놓치는 스트레스의 나날이 이어졌다. 촬영을 시작한 지 4개월이 다 되어가도록 카메라 메모리에 담을 만한 좋은 장면이 거의 없었다. 아… 난 왜 이걸 시작했나 하는 후회, 내 마음같이 움직이지 못하는 스태프들에게 대한 답답함, 다가오는 방송 일정 등 온갖 갈등과 고민이 얽히고 설켰다.

비단 곤충 3D 다큐 촬영 때만 시험에 든 건 아니다. 다큐멘터리를 제작하다 보면 스트레스는 일상으로 다가온다. 스태프의 어처구니없는 실수 때문에 황당했던 일이 한두 번이 아니다. 〈아마존의 눈물〉 촬영 당시 와우라족의 우까우까(씨름대회) 날이었다. 이날의 주인공, 야물루가 성인이 되며 처음으로 대회에 참가를 해서 기대가 컸다. 14세 소녀 야물루는 예쁘고 성격도 좋아서 또래 부족 남자아이들의 선망의 대상이었다. 야물루가 등장하자 응원의 함성과 휘

파람으로 난리가 났다. 촬영감독도 예감이 좋다며 신이 났다. 실제 경기도 정말 재미있었다. 10여 분간 상대와 엎치락뒤치락 치열한 접전 끝에 결국 야물루가 상대를 땅바닥에 메다꽂았다. 숨을 헐떡거리며 기뻐하는 야물루의 환호까지 스토리가 완벽했다. 굵은 땀방울을 뚝뚝 흘리며 경기 내내 뛰어다니던 촬영감독은 어깨에서 카메라를 내려놓으며 환한 얼굴로 내게 브이(V) 신호를 날렸다.

그날 밤 기대에 부풀어 프리뷰(preview)를 시작했다. 플레이 버튼을 누르고 기다렸는데 화면에 아무것도 나타나지 않았다. 뭐지? 촬영된 것이 없었다. 장비에 이상이 있었던 것은 아니었다. 결국 촬영감독이 흥분한 나머지 촬영 때 레코딩 버튼을 안 누른 걸로 판명 났다. 이럴 수가….

"그냥 내가 죽어버릴게…."

촬영감독이 이 말을 남기고 문밖으로 사라졌다. 아… 마음 같아선 "응, 그렇게 해"라고 소리치고 싶었다. 사실 촬영을 하다 보면 속이 새까맣게 타들어가며 그때마다 '내가 직접 촬영하고 말지'라는 생각도 든다. 실제로 내가 직접 카메라를 챙겨서 함께 촬영하기도 한다. 하지만 이런 결정은 종종 더 나쁜 결과를 초래하기도 한다. 피디가 세팅하랴 연출하랴 촬영하랴 동분서주하면서 상황은 더 꼬이게 되니까.

우리 모두에겐 각자의 역할이 있다. 출연자, 작가, 촬영팀, CG팀, 편집팀, 음악, 효과 등을 합치면 수십 명에 이른다. 갈수록 일은 전문화, 세분화되어간다. 각각의 전문가들보다 내가 그 모든 분야를 다 잘하는 건 불가능하다. 남들이 내 마음 같지 않아서 설령 속은 터져도 인정할 건 인정하고 맡겨야 한다. 내가 잘난 척하면서 그들과 부딪치다가는 오히려 그들의 장점마저 놓치게 될뿐더러 스스로 완벽주의 콤플렉스에 빠져 끝없이 괴로워진다.

야물루의 우까우까 촬영에 실패한 촬영감독에게 한마디의 비난의 말도 꺼내지 않았다. 그냥 고생했다고 했다. 뙤약볕 속에서 비 오듯 땀을 흘리고 빙글빙글 뛰어다니며 촬영하는 모습을 내 두 눈으로 봤으니까. 촬영감독은 실수를 만회하고자 남은 촬영 기간 내내 매순간 최선을 다했다.

인생이 그런 것 같다. 포기할 건 포기하고 안 될 일에 미련을 갖지 않아야 삶도, 일도 오히려 풍요로워진다. 모두 다 잘하려는 강박에 걸릴 필요 없다. 그건 부질없는 욕심이다. 자신을 넘어 상대까지 들들 볶고 힘들게 만드는 불행의 구렁텅이다. 살면서 많은 문제가 있지만 그것을 해결하는 방법은 더 많이 존재한다. 마음을 비우고 곤충을 따라다니고 곰을 따라다니고 펭귄을 따라다니다 보면 언젠가 내 머릿속의 한계를 넘어 상상 이상의 아름다운 장면을 카메라에 담을 수 있는 시간이 오기 마련이다.

내 안의 작은 우주를
알아가는 일

고작가
.
.
.

왜 그랬던 걸까. 어릴 적엔 내가 술 잘 마시고 사람들과 놀기 좋아하는 어른이 될 줄 알았다. 실제로 오랜만에 만난 동창 중에는 집순이형 인간이 된 지금의 나를 보고 의심의 눈초리를 보내는 친구도 있다. 얘가 뭔가 참고 있거나 숨기고 있지 않은가 하는.

학창 시절 나는 모두가 좋아하는 캐릭터는 아니어도 혼자 다니지는 않았다. 항상 함께 다니는 절친들이 있었다. 학교 임원을 하며 교내 행사 진행을 맡아 할 때가 많았고 장기자랑엔 무용팀을 만들어서 직접 안무를 하고 춤도 췄다. 초등

학교 때부터 중학교 때까지 무용 선생님들마다 나를 콕 찍어서 무용을 하라고 권했다. 물론, 무용실로 불려 가서 테스트를 받을 때마다 깜짝 놀라긴 했다. 우선 양다리를 좍 열어서 일자로 앉는 개각이 안 됐고(거기 뽑혀온 애들은 웬만하면 다 되더라고) 몸이 도무지 맘대로 펴지지도 구부려지지도 않았기 때문이다. 갸웃거리던 선생님의 침묵. 나 자신도 이상할 정도로 몸이 뻣뻣했다. 지금 생각해보면 어릴 때부터 안 움직이고 방 안에서 뒹굴거렸던 탓이려나. 그런데도 불가사의하게 춤만큼은 잘 춰서 소풍이나 학교행사 때는 꼭 나의 무대가 있었으며 교내 운동회 땐 항상 응원단장을 했다.

한때 내가 좀 잘나갔다는 말에 김피디는 침을 흘리며 웃거나, 그 학교는 인재가 그렇게 없었냐고 놀리거나, 최후엔 "그럴 수도 있겠다…"라며 영혼을 가출시킨 대답을 한다.

"정말이야. 다들 나한테 끼가 넘친다고 했어. 대학 때는 나이트클럽 가면 정말 무대에서 장렬히 전사하겠다며 춤을 췄다고…. 남자들 부킹이 줄을 섰었어."

김피디가 본인 앞에서도 한번 춰보라더니, 나의 엄청난 그루브를 보여주자 입을 틀어막고 자지러진다. 저 화상을….

그런데 이상하다. 정작 성인이 되고 주체적인 삶을 살 수 있게 되자 술도, 담배도, 회식도 별로. 대학 땐 돈이 없어서 못 가는 줄 알았던 클럽인데 정작 갈 수 있는 능력이 되니까 귀찮았다. 희한하게도 살다 보면 내가 생각하는 나와 남들이 보는 나 그리고 실제의 내가 다르다는 걸 심심찮게 깨닫게 된다. 나도 내가 집순이형 인간인지 정말 몰랐다.

삶의 우선순위를 어디에 두느냐는 자기 자신을 알아가는 과정과 함께한다. 엄청난 에너지가 드는 방송 일을 시작하면서 내 한계를 깨달았다. 나는 일과 노는 걸 동시에 잘할 수 있는 능력자가 못 되는구나…. 처음엔 인정하고 싶지 않아 무리도 했다. 회식에 안 가고 책상에 앉아 있는 뒤통수가 따갑기도 했다. 회식에 안 가고 싶은 마음이 10이고 뭉개는 마음이 0은 아니다. 7:3, 6:4 갈등의 순간이 있기 마련이다. 하지만 알게 됐다. 회식에 간다고 내 마음이 더 편하지 않다는 걸. 욕 좀 먹는다고 내가 변할 건 없다. 스스로 한 선택이라고 생각하면 핑계 대거나 남 탓할 일이 없다. 포기할 건 포기하고 욕하고 싶은 사람들은 그러라고 내버려둬야지. 나는 개인주의라고 생각하지만 그 사람들에겐 이기적인 게 팩트일 수 있지, 뭐… 어쩌겠나.

나를 알고 내가 원하는 걸 알면 다른 사람들에게 당당해진다. 여기저기 발목 잡는 것들로부터 삶이 정리되고 내가 원하는 것에 집중하게 된다. 물론 인간이라는 변화무쌍하고 오묘한 동물이 한 방에 쉽게 결론이 나지는 않는다. 객관적으로 천천히 자신을 알아가며, 내면의 소리에 귀를 기울이는 시간이 필요하다.

한 인간은 하나의 우주라고 한다.
내가 죽으면 내가 사는 우주도 사라지는 것이다.
고로, 세상은 내가 살아있기에 존재하는 것이다.
나는 가장 잘나고 훌륭한 인간은 아니지만 작고 부족함 많은 나의 우주를 가능케 하는 소중한 존재다.

멀리 가는
지름길

김피디

:

내가 피디가 될 줄은 몰랐다. 대학 때 군대에 다녀와서 고시 공부를 했다. 솔직히 뭘 해야 할지 몰랐기에 주변에서 다들 도전하는 고시를 했다. 아깝게 떨어졌다(굳이 밝힐 필요는 없지만 두 문제 차이였다). 그 덕에 사귀던 여자친구에게도 차였다. 막연해진 미래로 고민의 날들을 보냈다. 나는 무엇을 잘할 수 있을까? 어떤 일에 가슴이 설렐 수 있을까?

우연히 당시 '쌀집 아저씨'로 유명했던 MBC의 김영희 예능 피디의 특강을 들었다. 그가 말하길 피디는 출퇴근 시간이 따로 없다고 했다. 오호~ 가슴이 뛰기 시작했다. 그만큼

창의적이고 자유로운 직업이라는 것이다. 어디 내놔도 그럴듯해 보이고, 합격도 눈앞인 것 같은 고시 공부를 포기하는 데는 용기가 필요했다. 하지만 5, 6년 동안 고시촌에 처박혀 삶의 중요한 순간을 보내고 있는 선배들의 모습을 보며 내가 원하는 삶은 아니라는 생각이 들었다.

대학 4학년 때 급하게 언론사 준비를 시작해서 운 좋게 MBC에 입사했다. 연수 기간을 마치고 드라마, 예능, 교양 부서 중 하나를 골라야 했을 때, 선배들과 동기들이 한 목소리로 내겐 예능이 맞겠다고 했다. 별생각 없이 예능국에서 피디를 시작했다. 신동엽, 송승헌 등 수많은 청춘스타를 배출한 시트콤 〈남자 셋 여자 셋〉의 조연출이 됐다. 하지만 웬걸? 안 맞았다. 내 숨겨놓은 본성이 '인텔리'해서 예능이 안 맞는 건가…. 교양국으로 옮겼다. 글쎄… 이번에도 썩 맞는 것 같지 않았다. 제작 파트를 떠나 편성국에도 가보았다. 사실 표면적으로는 가는 부서마다 모두와 별 트러블 없이 잘 지냈기 때문에 다른 부서로 떠나겠다고 하면 다들 의아해했다. 그러다가 진짜로 옮기면 고개를 갸웃거리고 도대체 이유가 뭐냐며 "진만이는 산만하다"고 농담을 했다. 당시엔 나도 뾰족한 이유를 몰랐다. 그냥 어딘가 만족스럽지 않은 느낌이었다. 파랑새를 찾으러 떠난 찌르찌르의 마음 같은 것이었을까.

그렇게 돌고 돌아 다시 자리 잡은 곳이 교양국이었고 이번엔 진짜 죽을 고생을 시작했다. 어쩌다 보니 아마존, 남극, 북극, 시베리아 등 남들 안 가겠다는 곳으로 떠났다. 몸이야 당연히 다른 부서에 있을 때가 훨씬 편했는데, 희한한 것은 가슴이 설레기 시작했다는 것. 남극의 끝없는 얼음 벌판, 아마존 정글 깊은 곳의 원시림, 툰드라의 붉은 석양, 북극 하늘에 춤추는 오로라를 보고 있노라면 살금살금 만족감이 몰려온다. 하고 있는 일도 은근 재미있는 것 같고, 만든 프로그램도 주목받기 시작했다. 굼벵이도 구르는 재주가 있다는 말이 맞나 싶다.

하나의 길을 따라 좌고우면 없이 성큼성큼 걸어서 온 것은 아니다. 많은 길을 돌고 돌아서 찾아왔다. 이제야 '내 몸에

맞구나' 싶었던 다큐를 제작하기까지 10년의 시간이 걸렸다. 그러기 위해 답 없는 일에 고민하느라 시들어가기보다는 일단 한번 저질러보는 길을 선택했던 것 같다. 물론 무작정 떠난다고 반드시 잘되리란 보장은 없다. 아무리 축구를 좋아해도 손흥민처럼 골을 넣을 순 없으니까. 하지만 머리만 굴리며 머뭇거리기보다 일단 한 발을 내딛어보는 것이 결국은 내가 원하는 일을 찾아가는 지름길이었다. 주어진 옷에 몸을 구겨 넣느라 애써 괴로워하기보다, 맞는 옷을 찾아 떠나보는 것도 나쁘지 않다. 조금 더 시간이 걸리더라도.

나에게
말 걸기

고작가

⋮

스트레스가 턱밑까지 차올라서 뭘 해도 기분이 좋지 않고 점점 가슴이 답답해지며 머리가 흔들흔들하다. 쉼 없이 방송을 계속하다 보면 그런 증상이 가끔 온다. 술 마시고 망가지고 남에게 하소연하고… 그런 흔한 재미로 해결하는 재주가 없으니 더 출구가 없다.

그런 때 '제치기'에 들어간다. 스스로에게 말을 걸며 포기할 것, 버릴 것들을 하나씩 마음속에서 던져버리는 것. 예를 들면 이런 거다. 매일같이 술 마시자던 피디에게 '싸가지 없게' 굴다 프로그램에서 잘렸다. 계속 기분이 더럽다.

스트레스가 차오른 상태가 지속된다. 이럴 땐 스스로 나에게 말을 건다. 천. 천. 히….

지금 이건 잘려서 계속 기분 나쁜 거야? **그렇지.**

그 인간이랑 계속 같이 일하면 좋을까? **아니.**

그럼 잘려서 나쁜 건 아니고만. **그렇다고 좋은 것도 아니지. 쪽팔리고 기분 더럽고….**

그럼 피디한테 내가 싸가지가 없었다, 사과하고 열심히 해보겠다고 할래? **미쳤냐.**

일을 그만두고 싶어? **먹고살아야지. 그리고 그 인간 때문에 내가 왜?**

다른 피디들이랑 일하는 건 편해? **편하기까지야… 그래도 할 만은 하니까.**

그 인간이랑 일하기가 싫은 거구나? **좋으면 정상이 아니지. 편집은 안 해놓고 맨날… 아주 지긋지긋하다.**

잘려서 다행이네? **다행이라고 할 것까지야.**

그럼 다시 같이 일하고 싶어? **그건 절대 노(no)!**

256

하나 제쳤다. 분명해졌다. 잘려서 나쁘지만은 않다. 아니, 현실적으로는 잘됐다. 잘 생각해보면 짜증나는 일에도 잘된 구석은 있다. 기분이 나아진다.

그냥 기분이 좀 가라앉았거나 원인을 모를 때도 이 방법은 유효하다.

뭐가 걱정이야? 방송 망할까봐? **아직 건진 그림도 없고….**
주인공을 바꿔야 할까? **이제 와서 버리긴 아깝지.**
어쨌든 방송 끝나면 끝이잖아. **끝이 오긴 올까.**
방송이 못 나간 적은 없잖아. **그렇지, 방송은 끝나는 맛에 하는 거지.**
그럼 뭐가 문제야. 출장 간 남편? **오지로 갔는데 무소식이 희소식이지.**
이제 남은 건 뭐지? 딸? **어… 글쎄….**

생각하며 하나씩 원인을 찾고 제치는 시간이 꽤 오래 걸리기도 한다. 원인이 생각보다 엉뚱한 곳에 있을 때도 있다.

딸의 행동, 주변 사람의 한마디 같은 것들. 사소하게는 택배를 반품하자니 아쉽고 그냥 두자니 성에 안 차고, 뭐 그런 결정장애를 일으키는 갈등까지도….

딸내미 잡고 이야기를 해볼까? **지가 띵띵 불어 다니는데 대답을 해주겠어?**
긁어 부스럼이지? **지 기분이 풀려야 해제가 되지.**
그래, 내버려두는 게 상책이야. 택배나 반품해버릴까? 아…
그래, 그걸 보내버리자. 돈 벌었다!

정답이 툭 튀어나오거나 엄청난 고민이 해결되는 것도 아니다. 답을 찾지 못해 끙끙 앓기도 한다. 하지만 한 번에 찾으려는 조급함을 버리면 서서히 마음이 정리되며 한결 가벼워진다.

최근에 자기 자신에게 말을 걸어보라는 글을 많이 본다. 내 잘못 아니라고, 잘했다고, 그렇게 스스로에게 위로를 건넬 줄 알아야 치유가 된다고 한다. 어찌 보면 제치기도 내겐 그런 방법이었던 것 같다. 나 자신을 들여다보는 방법, 남이 해결해줄 수 없는 내 마음의 불안이나 어지러움을 비워내는 방법.

스스로에게 말을 걸며 포기할 것, 버릴 것들을 하나씩 마음속에서 던져버리는 것. 그것이 제치기.

웃상

김피디
:
:

"인생이 그렇게 즐거워?"

나보고 매일 웃고 있다며 고작가가 신기해한다. 심지어 잠에서 깰 때도 웃으면서 깬다고 놀린다.

내가 누구를 싫어한다고 하면 또 놀린다.

"여보가 안 좋아하는 걸 그 사람은 모르잖아."

사실 누군가가 싫다고 해도 그 사람 앞에서 티를 낼 만큼 싫은 건 아니다. 그냥 그 사람의 행동 중에 싫은 것이 있는 거지. 그러다 보니 그 사실을 상대방이 잘 모르는 건 물론 이고 심지어 내가 본인한테 호감이 있다고 생각해서 당황한 적도 있다.

난 '웃상'이다. 유머가 좋다. 그 점이 고작가와 잘 맞는다. 둘 다 책이나 텔레비전, 영화를 볼때 장르를 가리지 않지만 그래도 이왕이면 웃음이 있는 것이 좋다. 코미디만 좋다는 게 아니라 우리 삶에 녹아 있는 웃음을 찾아내는 시선이 좋다는 이야기다. 내가 처음 고작가와 일하면서 즐거웠던 것도 그녀가 만드는 방송에서 느껴지는 웃음기 때문이었다. 휴먼다큐 전문 작가라고도 불리는 고작가지만 정작 자신은 주인공이 아프거나 불쌍한 방송은 보지 못한다. 난 그걸 가지고 놀린다. 방송은 눈물, 콧물 다 빼게 눈물바다를 만들어놓고 정작 본인은 보지도 못하면 어쩌냐고. 고작가와 함께 만든 〈아마존의 눈물〉이나 〈남극의 눈물〉과 같은 환경다큐는 물론 곤충과 같은 자연다큐나 휴먼다큐에도 유머코드가 숨어 있다. 과한 해석이나 시청자의 상상력을 제한하는 정답을 주기보다 상황을 재미있게 보여주며 가슴으로 따뜻하게 느끼게 하는 게 좋기 때문이다. 전하고 자 하는 메시지도 심각하게 가르치기보다는 웃으며 공감 하게 만드는 것이 좋다.

방송국 짬밥 10년을 넘어가니 대충 감이 온다. 프로그램이 성공하는 팀은 기본적으로 웃음이 많은 팀이다. 일할 때야 다들 치열하게 부딪치곤 하지만 갈등을 풀어나가는 분위기가 다르다. 안되는 팀은 웃음도 없다. 줄곧 미간에 내 천(川)자를 그리고 다니면서 뒤에서 서로 욕하느라 바쁘다.

아마존 촬영할 때 내가 식사 당번을 많이 맡았다. 아무래도 촬영을 하는 동안 피디보다 촬영감독들이 더 체력적으로 힘들기 때문이다. 그런데 아무리 주의해서 요리를 해도 국물을 끓인 냄비에 바퀴벌레나 정체를 알 수 없는 벌레들이 몇 마리씩 들어가 있곤 했다.

"아이고 김피디가 우리 고생한다고 고깃국을 끓였네."

"산란 철인가봐요, 알이 꽉 차 있네…."

처음에는 아무리 배가 고파도 헛구역질이 절로 나면서 입
맛이 싹 가셨다. 하지만 피할 수 없을 바에야 웃으면서 받
아들이는 게 낫다. 점차 아마존 생활에 익숙해지게 되자 이
젠 서로 농담을 하며 벌레를 숟가락으로 골라 버리고 맛있
게 먹는 경지에 이르렀다.

"아까 북극곰이 카메라로 성큼성큼 걸어오는데, 헉… 나만
곰의 밥이 되나 둘러보니 다들 일어나지도 않고 지키고 있
더라고. 감동이었어."
"신발끈 매고 있던 건데? 여차하면 먼저 튀려고."

예쁜 생김새와는 다르게 곰 중에 가장 포악한 북극곰을 촬
영하는 건 긴장의 연속이었다. 하지만 하루의 촬영을 마무
리할 때면 서로 농담하고 웃으며 긴장을 풀었다. 생사의 기
로에서 인상을 쓰고 있자면 스트레스가 배가된다. 웃으며
오늘 아쉬웠던 건 뭔지, 내일은 뭐에 집중할지 의논하며 상

황을 받아들인다. 그리고 피디가 먼저 망가지는 자해 개그와 실없어 보이는 농담을 던지면 팀원들도 더욱 편히 내려놓는다. 상황도 힘든데 피디까지 안 되는 일을 닦달하면 뭐가 나아질까. 다들 웃다 보면 괴로운 상황도 별거 아닌 듯 느끼게 된다. 이왕이면 상대를 편하게 만들어주면서 문제를 함께 해결해나가는 것이 극한 상황 전문 피디의 작은 노하우다.

웃으면 웃을 일이 자꾸 생긴다.

꼰대 시대와
반성

고작가

대학 갓 졸업한 새파란 작가 시절부터 나이 많은 피디들에
게 할 말이 있으면 크게 신경 안 쓰고 했다. 그러다 슬쩍 말
을 놓기도 하고 쓸데없다 싶은 얘기는 듣는 둥 마는 둥 넘
겼다. 예를 들어, "여자가 왜 군화를 신고 다니냐", "치마가
짧다" 같은 말. 자칭 분석에 능한 피디는 내게, 얼핏 차림만
보면 자유분방한데 알고 보면 보수적이라며 한마디로 사
기 치고 다닌다고 정의하곤 몹시 흡족해했다. 그 또한 웃고
말았다. 고집을 부렸다기보다 권위적인 인간들이 싫어서
뚫린 입으로 자기 하고 싶은 말 하는 것이려니 여겼다. 그
들을 무조건 존경하고 말을 들어야 한다는 생각이 없었기

때문에 오히려 스트레스를 받지도 않았다. 결과적으로 나는 당황스럽고 버르장머리 없는 캐릭터로 불렸다. 그 시절에 신세대, 오렌지족, X세대… 어른들이 이해할 수 없는 젊은 세대를 통칭하는 말만 나오면 그게 '전형적인 고작가'라고들 했다.

한동안 꽤 인기를 끌었던 〈성공시대〉라는 방송의 런칭 멤버였다. 1회 주인공이 현대그룹의 고 '정주영 회장'이었을 정도로 '성공'이라는 콘셉트 자체에 올인한 방송이었다. 성공한 사람들에 대한 존경심은 별로 없었지만 콘셉트가 분명하니까 만들기가 편했다. 시청률도 잘 나왔다. 당시 함께 일하던 피디가 옆 팀 작가가 포기하고 튀어서 펑크 난 방송을 도와달라며 그랬다.

"한 편 좀 해줘~ 고작가는 기계 아니었어? 인터뷰만 보면 대본이 쑥쑥 나오잖아."

작가의 일을 뭘로 아는 거야? 난 거저먹는 줄 알아. 짜증을 내면서도 하루 만에 프리뷰를 하고 재연 대본을 말 그대로 쑥쑥 만들어줬다.(그 방송이 아마 상도 받았을걸?) 생각해보면 정말 기계처럼 만들어냈던 것도 같다. 하지만 경험이 가장 좋은 선생이라는 말이 있듯 〈성공시대〉를 하는 동안 천천히 깨닫게 되는 것들이 있었다. 별로 어른을 존경할 줄 모르던 내게 성공한 꼰대들이 조금씩 다시 보이기 시작했다.

그리고 어느 순간 '반성'이란 걸 하게 됐다.

성공한 사람들에게, 그들의 모든 삶에 동의할 수는 없지만 배울 점들이 적어도 한두 개는 있었다. 그리고 그 삶에서 내 삶을 돌아보게 됐다. 나는 그다지 성공에 대한 열망이 없다. 하지만 그건 변명이 아닐까? 나의 치열하지 못함 혹은 게으름에 대한 변명. 인맥관리, 그런 거 모르고 산다. 그건 인간에 대한 무관심은 아닐지. 어른들에게 말 잘 놓고 버르장머리 없는 것도 그다지 자랑은 아니잖아. 스스로의 모습을 적당히 얼버무리는 합리화 말고 더 나은 자신에 대한 고민을 하며 나는 살고 있을까.

실제 엄청난 성공의 비결보다 메모 습관, 긍정적인 말투, 다른 사람을 대하는 태도… 뭐 그런 소소한 것들이 눈에 들어왔다. 내가 일상에서 놓치고 있던 것들, 그런 작은 습관을 보고 배우는 것이 내 삶이 나아지는 데 도움이 됐다. 생활 속에서 손해나 위험을 줄이고 작지만 삶의 질을 조금씩 개선할 수 있는 그런 것들 말이다.

그때가 서른이 갓 넘었을 무렵, 아직 어린데도 세상을 다 안다고 피식거렸던 나의 오만과 잘난 척이 조금씩 보였다. 알아야 뭘 그리 알까. 그 또한 내가 그리 싫어했던 편견과 권위의식 아니었을까. 그리고 그것들이 나의 생각과 세상이 넓어지는 걸 가로막고 있는 건 아닐까. 인간이란 동물은 깨닫고 반성하고 변화해야 하는 완벽하지 않은 동물인 것을.

딸의 학교에 유명인의 특강이 있었다고 한다. 강의를 듣다가 한 학생이 손을 들고 말했단다.

"우리 세대에 대해 뭘 그리 안다고 확신에 차서 이야기하시나요. 그건 그 세대에나 통할 이야기죠. 우리가 얼마나 힘든지 아세요?"

그걸 시작으로 불만이 쏟아졌고 강사는 잘 무마해보려고 노력했지만 계속 엇나가서 결국 강의가 엉망으로 끝났다고 한다. 강사가 꼰대 소리 꽤나 했던 모양이다. 밀레니얼이라고 불리는 세대들에게 안 어울리는 구시대의 충고를 감히 했겠지. 그들이 지금 얼마나 절망하고 힘든지 배려하지 않고 말이다.

그런데 조심스럽게 말이지… 강의를 듣는다는 건 다른 생각을 들어보려는 것이 아닐까. 강의를 들으러 간다면 적어도 다른 생각, 다른 경험에 귀를 열고 앉아 있어야 하는 것은 아닐까. 토론하고 생각을 나누는 것과 내가 제일 힘들다며 귀를 닫고 시작하는 것은 다르다. 그 순간 모든 가능성과 사유(思惟)의 세상도 함께 닫힌다.

나 자신을 아는 과정은 어찌 보면 내 마음을 여는 과정이

기도 하다. 내 안의 좁은 우물에만 갇혀 있으면 계속 내 속으로만 빠져들게 된다. 지금 내가 알고 있는 이곳이 세상의 전부일까. 가슴의 답답함이 풀리지 않는 것은 내가 사는 세상이 좁기 때문은 아닐까.

〈성공시대〉도 그랬다. 꼰대들이 지껄이는 한심한 소리라 할지라도 나와 다른 생각을 들어보는 것은 나 자신을 위해 나쁘지 않았다. 그 꼰대가 우쭐한 기분을 느끼는 건 재수 없을 수 있다. 하지만 나랑 무슨 상관인가. 그 꼰대는 어차피 그렇게 살아갈 것이다. 그와 상관없이 그의 경험을 통해 나 자신이 변화하고, 작은 깨달음이라도 얻었다면 된 거다.

〈성공시대〉는 딱 2년을 했다. 규칙적으로 매일 혹은 매주 방송을 하는 정규 프로그램은 2년을 하고 나면 완전히 번아웃되고 정신적으로도 지겨워서 멀미가 났다. 성공을 하려면 지루한 것 생각 말고 지긋하게 참고 일해야 한다는 걸 〈성공시대〉에서 배웠지만 그렇게까지 나를 변화시키지는 못했다. 더구나 정규 프로그램을 떠나는 순간에 안정적인 수입도 포기해야 하는 프리랜서지만 어째, 그게 나인걸.

하지만, 어른들을 불신하고 성공한 사람들을 무작정 속물이라 예단하던 나는 변화했다. 그 또한 편견이었다. 사실 눈물겨운 휴먼다큐의 주인공들도 마찬가지다. 그들의 삶을 불행할 거라고 속단하고 과한 동정을 하는 것도 무례다. 인간은 지위의 높고 낮음이나 애, 어른을 막론하고 다 똑같은 인간이다. 마음을 열고 인간 대 인간으로 만나야 제대로 보인다. 한 사람 혹은 한 사례에서 완벽함을 기대할 수는 없다. 그럴 필요도 없다. 하지만 눈에 쌍심지를 켜고 보면 아무것도 안 보인다. 버르장머리 없던 시절에 나도 눈에 필터를 끼고 다른 이들을 봤다. 꼰대들이 나에게 편견이 있었듯이 나도 그들을 나의 좁은 소갈머리로 예단했다. 살아보니 그게 나한테 아무 도움이 안 됐다. 넓은 세상, 다양한 생각을 향해 마음을 여는 것이 나를 성숙시키는 비결이다. 한 번 더 말하지만, 그 꼰대가 아니라 '나'를 말이다.

바다가
멀지 않았다

김피디

.
.
.

황제펭귄은 동물학자들이 뽑은 지구상에서 가장 아름답고 독특한 삶을 살아가는 생명체다. 남극에 반짝 짧은 여름이 끝나고 겨울이 시작되면 얼음대륙은 텅 비어버린다. 어떤 생명도 견디기 힘든 영하 40도의 혹한, 휘몰아치는 눈보라와 밤이 계속되는 극야, 그때 텅 빈 겨울왕국을 찾아오는 생명이 있다. 하얀 눈을 뒤뚱뒤뚱 밟으며 펭귄 수백 마리가 줄지어 들어오는 장관이 펼쳐진다.

남극의 진정한 주인, 황제펭귄이다.

남극의 추위가 거세지고 눈 폭풍이 불기 시작하면 황제펭귄들은 수백, 수천 마리가 서로의 몸을 꼭 붙이는 허들링(huddling) 동작으로 극한의 추위를 이겨낸다. 종이 한 장 들어갈 틈이 없을 정도로 서로의 몸을 빼곡하게 포갠 뒤 시간이 지나면 무리 안쪽에서 따뜻하게 있던 녀석과 가장자리에서 칼바람을 막아내던 녀석들이 서로 자리를 바꾸며 서로의 몸을 덥히는 것이다. 그렇게 한 몸처럼 무리 전체가 거대한 원이 되어 서서히 돌아가는 허들링 모습은 지혜롭고 아름답다.

이들이 혹한을 마다하지 않고 찾아온 이유는 종족 보전을 위해서다. 펭귄은 남극대륙에서 번식하고 육아하는 1년 동안, 일부일처를 지키며 육아의 책임을 함께 나눈다. 물론 겨울을 보내고 바다에 다녀온 다음에는 새롭게 짝이 바뀌기도 한다(은근 합리적이다…). 겨울이 시작되는 3월에 남극대륙에 들어온 황제펭귄들은 짝짓기를 하고 5월에 알을 낳는다. 알을 낳은 엄마들은 이제 아빠에게 알을 넘기고 1백킬로미터 떨어진 바다로 돌아간다. 새끼가 부화할 때까지 바다에서 몸을 회복하고 새끼에게 먹일 물고기를 자신의 배 속에 가득 저장한 후에 다시 돌아오기 위해서다.

그동안 아빠는 자신의 발등 위에 알을 올린 채 극야가 찾아오는 6월과 7월을 허들링으로 이겨내며 새끼를 부화시킨다. 하지만 강력한 눈 폭풍이 시도 때도 없이 불면서 서식지는 아비규환에 빠진다. 어떻게든 알을 지키려는 아빠들도 거센 바람을 이기지 못하고 쓰러지며 알을 놓치기도 한다. 알이 얼기 전에 다시 발등 위에 올려야 하지만 실패하면 얼어서 쩍 갈라진 알 앞에서 망연자실, 밤새도록 서럽게 운다.

그렇게 극야가 끝나고 두 달을 더 버텨내면 사방에서 톡톡 알이 깨지는 소리가 나기 시작한다. 아빠 펭귄은 밖에서, 새끼는 안에서 단단한 알껍데기를 부리로 쫀다. 드디어 새끼가 모습을 드러내는 순간, 서로 얼굴을 마주하고 감격적인 상봉을 축하하는 듯 "꾸루룩" 긴 소리를 뽑아낸다. 이제 새끼에게 먹이를 줘야 할 시간이다. 남극 바다를 떠나 얼음

대륙 서식지로 들어온 지 벌써 4개월이 지났다. 그동안 아빠는 오직 눈과 얼음으로 배고픔을 버텨냈다. 그런데 아빠에겐 새끼를 위해 아껴둔 먹이가 있다. 4개월 전에 먹은 물고기를 소화시키지 않고 뱃속에 아껴두고 있었던 것이다. 이른바 '펭귄 밀크'. 오직 이 순간을 위해 굶주림 속에서도 꺼내 먹지 않았던 펭귄 밀크를 게워내 새끼에게 먹인다.

펭귄 밀크로 버틸 수 있는 시간은 길지 않다. 아빠와 새끼는 엄마 펭귄을 기다린다. 촬영을 하면서 아빠 펭귄들만큼 간절한 마음으로 엄마 펭귄들을 기다렸다. 일주일쯤 지났을까. 마치 약속이나 한 듯 셀 수 없이 많은 엄마가 한 줄로 서식지를 향해 다가오는 모습이 보였다. 서로 짝을 찾기 위해 소리를 내기도 하고 가까이 가서 얼굴을 확인도 하면서 서식지는 상봉의 기쁨으로 꾸르륵 꾸르륵 난리법석이었다. 부부가 재회를 하고 나면 새끼들도 처음 보는 엄마에게 큰 울음소리로 인사를 한다. 엄마들은 먹이로 가득찬 배 속에서 계속 먹이를 게워내 새끼들을 먹인다. 겨울왕국에서 가장 따뜻하고 행복한 날이었다.

새끼는 알에서 나오고도 약 50일을 더 부모의 발등 위에서 지내야 한다. 남극의 추위를 견뎌내기엔 아직 연약하기 때문이다. 엄마와 아빠는 번갈아서 먼 바다를 다녀오며 새끼에게 부지런히 먹이를 나른다. 그래서 남극의 하늘에서 보면 하얀 눈 위에 끝없이 긴 도로가 나 있는 것처럼 보이는 펭귄 하이웨이가 있다. 서식지부터 바다까지 1백 킬로미터의 멀고 험한 길을 수백, 수천 마리의 엄마, 아빠 펭귄들이 셀 수 없이 왕복하며 만든 것이다. 그 길 위에는 탈진해서 죽은 황제펭귄들이 마치 얼어붙은 이정표처럼 중간중간 길을 안내하고 있다.

볕이 따뜻해진 12월이 오면 남극의 겨울이 끝나간다. 이별의 순간도 함께 온다. 새끼들이 털갈이를 시작할 무렵, 엄마 아빠는 긴 울음소리를 내며 헤어질 시간임을 알린다. 그러고는 한 번도 뒤돌아보지도 않고 홀연히 바다로 떠난다. 새끼를 낳고 지키기 위해 목숨을 걸었던 10개월간의 고생이 뭐 대수냐는 듯. 미련 없이.

이윽고 서식지에 남았던 새끼들도 털갈이를 마치고 어엿한 황제의 모습을 갖추면 당당히 길을 나선다. 그리고 부모들이 목숨 걸고 오간 그 길을 따라 한 발 한 발 바다를 향해 나아간다. 안내자도 지도도 없다. 기적처럼 태어나서 기적처럼 바다로 간다.

바다에서 펭귄들은 자유롭다. 실컷 먹고 헤엄치며 남극에서의 고된 운명을 떨치고 펭귄 인생을 즐긴다. 겨울이 오면 또다시 남극대륙의 혹한으로 떠나야 하는 삶이지만 그들에게는 지금 넓고 풍요로운 바다가 있다.

지금 내가 살아가는 이 세상이 다는 아니다.
어디엔가 존재하고 있을 바다,
나의 바다는 어디일까.

세상의 잡소리에서 벗어나는 법

호모 미련없으니쿠스

초판 1쇄 인쇄 2021년 6월 25일 **초판 1쇄 발행** 2021년 6월 30일

지은이 고작가, 김피디
펴낸이 이승현

편집3 본부장 최순영
편집 김숙영, 조창원
디자인 강경신

펴낸곳 ㈜위즈덤하우스 **출판등록** 2000년 5월 23일 제13-1071호
주소 서울특별시 마포구 양화로 19, KB손해보험 합정빌딩 17층
전화 02) 2179-5600 **홈페이지** www.wisdomhouse.co.kr
ⓒ 고작가·김피디, 2021

ISBN 979-11-91766-00-4 03810